U0614572

悦读季大家小书院

人间词话讲疏

许文雨　编著

CHISO 新疆青少年出版社

图书在版编目（CIP）数据

人间词话讲疏 / 许文雨编著. -- 乌鲁木齐 : 新疆
青少年出版社, 2024.2
　（悦读季大家小书院）

ISBN 978-7-5515-7754-0

Ⅰ.①人… Ⅱ.①许… Ⅲ.①《人间词话》- 研究
Ⅳ.①K293

中国国家版本馆CIP数据核字（2024）第046049号

悦读季大家小书院

人间词话讲疏
RENJIAN CIHUA JIANG SHU

许文雨　编著

出版发行	新疆青少年出版社有限公司	
社　　址	乌鲁木齐市北京北路29号	
电　　话	0991—6239231（编辑部）	
经　　销	各地新华书店	
印　　刷	三河市金泰源印务有限公司	
法律顾问	王冠华 18699089007	
开　　本	850mm×1168mm　1/32	
印　　张	5.5	
版　　次	2024年2月第1版	
印　　次	2024年5月第1次印刷	
书　　号	ISBN 978-7-5515-7754-0	
定　　价	45.00元	

新疆青少年出版社有限公司官网　http://www.qingshao.net
新疆青少年出版社有限公司天猫旗舰店　http://xjqss.tmall.com

CHISO 新疆青少年出版社
SINCE 1956

目录

王国维^①人间词话卷上

词以境界^②为最上。有境界则自成高格，自有名句。五代、北宋之词所以独绝者在此。

① 王国维，浙江海宁人，逊清遗臣，殁于民国十六年（1927年），谥曰忠悫。新刊《王忠悫公遗书》本收《人间词话》两卷。上卷曩曾单行，有靳德峻注，于本篇所引诗词，均录其全首，颇便初学。本书不更标靳曰出某原作云者，以其引文颇有讹误，故不敢惮烦，重检原书移录之。卷下尚无注本，由予创为，如有谬戾，敬俟君子。

② 妙手造文，能使其纷沓之情思，为极自然之表现，望之不啻为真实之暴露，是即作者辛勤缔造之境界。若不符自然之理，妄有表现，此则幻想之果，难诣真境矣。故必真实始得谓之境界，必运思循乎自然之法则，始能造此境界。

有造境[1]，有写境[2]，此理想与写实二派之所由分。然二者颇难分别，因大诗人所造之境必合乎自然，所写之境亦必邻于理想故也。

[1] 案由创造之想象，缔造文学之境界，谓之造境。温彻斯特（Winchester）曰："创造之想象者，本经验中之分子，为自然之选择而组合之，使成新构之谓也。"

[2] 写实之境，谓之写境。

有有我之境，有无我之境。"泪眼问花花不语，乱红飞过秋千去[1]"，"可堪孤馆闭春寒，杜鹃声里斜阳暮[2]"，有我之境也。"采菊东篱下，悠然见南山[3]"，"寒波澹澹起，白鸟悠悠下[4]"，无我之境也。有我之境，以我观物，故物皆著我之色彩。无我之境，以物观物，故不知何者为我，何者为物。古人为词，写有我之境者为多，然未始不能写无我之境，此在豪杰之士能自树立耳。

[1] 近刊冯延巳《阳春集笺》本载《鹊踏枝》（即《蝶恋花》）十四首，其第十二首（各本作欧阳修词）云："庭院深深深几许？杨柳堆烟，帘幕无重数。玉勒雕鞍游冶处，楼高不

见章台路。　　雨横风狂三月暮。门掩黄昏，无计留春住。泪眼问花花不语，乱红飞过秋千去。"毛稚黄曰："永叔词，'泪眼问花花不语，乱红飞过秋千去。'因花而有泪，此一层意也。因泪而问花，此一层意也。花竟不语，此一层意也。不但不语，又且乱落飞过秋千，此一层意也。人愈伤心，花愈恼人，语愈浅而意愈入，又绝无刻画费力之迹，谓非层深而浑成耶。"《词林纪事》谓："泪眼"二句，似本唐严恽诗"尽日问花花不语，为谁零落为谁开"意。

　　② 《彊村丛书》本秦观《淮海居士长短句》中，《踏莎行》云："雾失楼台，月迷津渡，桃源望断无寻处。可堪孤馆闭春寒，杜鹃声里斜阳暮。　　驿寄梅花，鱼传尺素，砌成此恨无重数。郴江幸自绕郴山，为谁流下潇湘去？"宋翔凤《乐府余论》云："《苕溪渔隐丛话》曰：少游《踏莎行》，为郴州旅舍作也。黄山谷曰：此词高绝。但斜阳暮为重出，欲改斜阳为帘栊。范元实曰：只看孤馆闭春寒，似无帘栊。山谷曰：亭传虽未有帘栊，有亦无碍。范曰：词本摹写牢落之状，若曰帘栊，恐损初意。今《郴州志》竟改作斜阳度。余谓斜阳属日，暮属时，不为累，何必改。东坡'回首斜阳暮'，美成'雁背斜阳红欲暮'，可法也。按引东坡、美成语是也，分属日时，则尚欠明晰。《说文》：莫，日且冥也。从日在茻中

（今作暮者俗）。是斜阳为日斜时，暮为日入时，言自日昃至暮，杜鹃之声，亦云苦矣。山谷未解暮字，遂生缪辕。"

③ 丁刊《全晋诗》卷六陶渊明《饮酒》第五首云："结庐在人境，而无车马喧。问君何能尔？心远地自偏。采菊东篱下，悠然见南山。山气日夕佳，飞鸟相与还。此中有真意，欲辨已忘言。"《苕溪渔隐丛话》卷三云："'采菊东篱下，悠然见南山。'则本自采菊，无意望山，适举首而见之，故悠然忘情，趣闲而景远。此未可于文字精粗间求之。"又引《蔡宽夫诗话》评此二句云："此其闲远自得之意，直若超然邈出宇宙之外。"

④ 金元好问《遗山文集》卷一，《颖亭留别》诗云："故人重分携，临流驻归驾。乾坤展清眺，万景若相借。北风三日雪，太素秉元化。九山郁峥嵘，了不受陵跨。寒波澹澹起，白鸟悠悠下。怀归人自急，物态本闲暇。壶觞负吟啸，尘土足悲咤。回首亭中人，平林淡如画。"

无我之境，人惟于静中得之。有我之境，于由动之静时得之。故一优美，一宏壮也。

自然中之物互相关系，互相限制。然其写之于文学及美术中也，必遗其关系、限制之处①。故虽写实家亦理想家也。

又虽如何虚构之境，其材料必求之于自然②，而其构造亦必从自然之法则。故虽理想家亦写实家也。

① 考自然界各物之存在，必有其存在之条件。然此物生存之条件，与彼物生存之条件，每呈现错综之状态，既有相互之关系，复有个别之限制。任举一花一草为例：凡此花草之种种营养条件，如天时、土壤、水分以及其他营养料等，皆无非此花或此草与一切外物之关系；而此花或此草又有个别之限制，以表现其各种之特征，如所具雌雄蕊之数以及显花、隐花、单子叶生、双子叶生等皆是。然此等为生物学家之所详究，而为文学家状物时所略而不道者也。

② 按此指写景文言之。

境非独谓景物也，喜怒哀乐亦人心中之一境界。故能写真景物真感情者，谓之有境界；否则谓之无境界。

"红杏枝头春意闹①"，著一"闹"字而境界全出；"云破月来花弄影②"，著一"弄"字而境界全出矣。

① 《花庵绝妙词选》卷三云："宋子京名祁，张子野所称'红杏枝头春意闹'尚书者也。"《玉楼春》云："东城渐

觉风光好，縠皱波纹迎客棹。绿杨烟外晓寒轻，红杏枝头春意闹。　　浮生长恨欢娱少，肯爱千金轻一笑？为君持酒劝斜阳，且向花间留晚照。"

②《彊村丛书》本张先《张子野词》卷二，《天仙子》云："水调数声持酒听，午醉醒来愁未醒。送春春去几时回？临晚镜，伤流景，往事后期空记省。　　沙上并禽池上暝，云破月来花弄影。重重帘幕密遮灯，风不定，人初静，明日落红应满径。"

境界有大小，不以是而分优劣。"细雨鱼儿出，微风燕子斜①"，何遽不若"落日照大旗，马鸣风萧萧②"。"宝帘闲挂小银钩③"，何遽不若"雾失楼台，月迷津渡④"也。

①《全唐诗》卷八杜甫《水槛遣心》第一首云："去郭轩楹敞，无村眺望赊。澄江平少岸，幽树晚多花。细雨鱼儿出，微风燕子斜。城中十万户，此地两三家。"

②《全唐诗》卷八杜甫《后出塞》第二首云："朝进东门营，暮上河阳桥。落日照大旗，马鸣风萧萧。平沙列万幕，部伍各见招。中天悬明月，令严夜寂寥。悲笳数声动，壮士惨不骄。借问大将谁？恐是霍嫖姚。"

③ 《彊村丛书》本秦观《淮海居士长短句》中，《浣溪沙》第一首云："漠漠轻寒上小楼，晓阴无赖似穷秋。淡烟流水画屏幽。　自在飞花轻似梦，无边丝雨细如愁。宝帘闲挂小银钩。"

④ 秦观《踏莎行》之句，已见前。

严沧浪《诗话》谓："盛唐诸公，唯在兴趣，羚羊挂角，无迹可求。故其妙处，透澈玲珑，不可凑拍。如空中之音、相中之色、水中之影、镜中之象，言有尽而意无穷。①"余谓：北宋以前之词，亦复如是。然沧浪所谓兴趣，阮亭所谓神韵②，犹不过道其面目，不若鄙人拈出"境界"二字，为探其本也。

① 宋严羽著《沧浪诗话》发为兴趣之论，盖融合钟嵘所谓胜语直寻及司空图所谓味在酸盐之外两说而成。羚羊挂角一语，出《传灯录》："雪峰云：我若东道西道，汝则寻言逐句，我若羚羊挂角，汝向什么处扪摸！"按羚羊似羊而大，角有圆绕蹙文，夜则悬挂其角于木上，示无形迹可寻，以避患焉。

② 清王士祯阮亭著《渔洋诗话》，标称神韵，以为天然

不可凑拍。而翁方纲则讥渔洋所谓神韵，乃李沧溟格调之改称也。

太白纯以气象胜。"西风残照，汉家陵阙[①]"。寥寥八字，遂关千古登临之口。后世唯范文正之《渔家傲》[②]，夏英公之《喜迁莺》[③]，差足继武，然气象已不逮矣。

① 《全唐诗》卷三十二，《词》二，载李白《忆秦娥》："箫声咽，秦娥梦断秦楼月。秦楼月。年年柳色，灞陵伤别。　乐游原上清秋节，咸阳古道音尘绝。音尘绝。西风残照，汉家陵阙。"按吴衡照《莲子居词话》卷一云："唐词《菩萨蛮》《忆秦娥》二阕，花庵以后，咸以为出自太白。然《李太白集》本不载，至杨齐贤、萧士赟注，始附益之。胡应麟《少室山房笔丛》疑其伪托，未为无见。谓详其意调，绝类温方城，殊不然。如'暝色入高楼，有人楼上愁''西风残照，汉家陵阙'等语，神理高绝，却非《金荃》手笔所能。"
② 《彊村丛书》本《范文正公诗馀》载《渔家傲·秋思》云："塞下秋来风景异，衡阳雁去无留意。四面边声连角起。千嶂里，长烟落日孤城闭。　浊酒一杯家万里，燕然未勒归无计。羌管悠悠霜满地。人不寐，将军白发征夫泪。"《皱水

轩词荃》云："庐陵讥范希文《渔家傲》为穷塞主词，自矜其'战胜归来飞捷奏，倾贺酒，玉阶遥献南山寿'，为真元帅之事。按宋以小词为乐府，被之管弦，往往传于宫掖。范词如'长烟落日孤城闭''羌管悠悠霜满地''将军白发征夫泪'，令'绿树碧帘相掩映，无人知道外边寒'者听之，知边庭之苦如是，庶有所警触，此深得《采薇》《出车》'杨柳雨雪'之意。若欧词止于谀耳，何所感耶。"

③《唐宋诸贤绝妙词选》卷二，载夏英公竦《喜迁莺》令，注云："景德中，水殿按舞，英公翰林内直，上遣中使取新词，公援毫立成以进，大蒙天奖。"词云："霞散绮，月垂钩，帘卷未央楼。夜凉银汉截天流，宫阙锁清秋。　瑶台树，金茎露，凤髓香盘烟雾。三千珠翠拥宸游，水殿按凉州。"《吴礼部诗话》云："姚子敬尝手选古今乐府一帙，以夏英公《喜迁莺》宫词为冠，其词富艳精工，诚为绝唱。"（亦见杨慎《词品》卷三）

张皋文谓飞卿之词"深美闳约"①。余谓此四字唯冯正中②足以当之。刘融斋谓飞卿"精艳绝人"③，差近之耳。

① 张惠言《词选序》云："唐之词人，李白为首，而温庭

筠（飞卿）最高，其言深美闳约。"《介存斋论词杂著》云："皋文曰'飞卿之词，深美闳约'。信然。飞卿酝酿最深，故其言不怒不慑，备刚柔之气。针镂之密，南宋人始露痕迹，《花间》极有浑厚气象，如飞卿则神理超越，不复可以迹象求矣，然细绎之，正字字有脉络。"

② 《白雨斋词话》卷一云："冯正中（延巳）词，极沉郁之致，穷顿挫之妙，缠绵忠厚，与温韦相伯仲也。"

③ 刘熙载《艺概》。

"画屏金鹧鸪"，飞卿语也[①]，其词品似之。"弦上黄莺语"，端己语也[②]，其词品亦似之。正中词品，若欲于其词句中求之，则"和泪试严妆"[③]，殆近之欤？

① 王国维辑温庭筠（飞卿）《金荃词·更漏子》云："柳丝长，春雨细，花外漏声迢递。惊塞雁，起城乌，画屏金鹧鸪。　香雾薄，透帘幕，惆怅谢家池阁。红烛背，绣帘垂，梦长君不知。"

② 王国维辑蜀韦庄（端己）《浣花词·菩萨蛮》第一首云："红楼别夜堪惆怅，香灯半卷流苏帐。残月出门时，美人和泪辞。　琵琶金翠羽，弦上黄莺语。劝我早归家，绿窗人

似花。"

③ 近刻冯延巳《阳春集》本载《菩萨蛮》九首，其第六首云："娇鬟堆枕钗横凤，溶溶春水杨花梦。红烛泪阑干，翠屏烟浪寒。　　锦壶催画箭，玉佩天涯远。和泪试严妆，落梅飞晓霜。"

南唐中主词"菡萏香销翠叶残，西风愁起绿波间 ①"，大有众芳芜秽，美人迟暮之感。乃古今独赏其"细雨梦回鸡塞远，小楼吹彻玉笙寒 ②"，故知解人正不易得。

① 王国维辑《南唐二主词·浣溪沙》第二首云："菡萏香销翠叶残，西风愁起绿波间。还与韶光共憔悴，不堪看。　　细雨梦回鸡塞远，小楼吹彻玉笙寒。多少泪珠何限恨，倚阑干。"

② 冯延巳答中主，称其小楼一句。王安石以为"一江春水向东流"未若细雨二句。

温飞卿之词，句秀也。韦端己之词，骨秀也。李重光之词，神秀也。词至李后主而眼界始大，感慨遂深，遂变伶工之词而为士大夫之词。周介存置诸温韦之下，可谓颠倒黑白矣①。"自是人生长恨水长东②"，"流水落花春去也，天上人间③"，《金荃》④《浣花》⑤能有此气象耶?

① 周济《介存斋论词杂著》云："李后主词，如生马驹，不受控捉。毛嫱、西施，天下美妇人也。严妆佳，淡妆亦佳，粗服乱头，不掩国色。飞卿，严妆也；端己，淡妆也；后主则粗服乱头矣。"飞卿即温庭筠，端己即韦庄。

② 王国维辑《南唐二主词》李后主《乌夜啼》云："林花谢了春红，太匆匆。无奈朝来寒雨晚来风。　　胭脂泪，相留醉。几时重? 自是人生长恨水长东。"

③ 王国维辑《李后主词·浪淘沙》令云："帘外雨潺潺，春意阑珊，罗衾不耐五更寒。梦里不知身是客，一饷贪欢。　　独自莫凭阑，无限江山，别时容易见时难。流水落花春去也，天上人间。"

④ 《金荃》，温庭筠集名。

⑤ 《浣花》，韦庄集名。

词人者，不失其赤子之心者也①。故生于深宫之中，长于妇人之手，是后主为人君所短处，亦即为词人所长处。

① 案此"赤子之心"，谓童心也。与《孟子》所谓"赤子之心"不同。此说可以王氏他篇之文证之：《静庵文集·叔本华与尼采》篇引叔本华之《天才论》曰："天才者，不失其赤子之心者也。盖人生至七年后，知识之机关，即脑之质与量，已达完全之域，而生殖之机关，尚未发达。故赤子能感也，能思也，能教也，其爱知识也，较成人为深；而其受知识也，亦视成人为易。一言以蔽之曰：彼之知力盛于意志而已。即彼之知力之作用，远过于意志之所需要而已。故自某方面观之，凡赤子皆天才也，又凡天才自某点观之，皆赤子也。昔海尔台尔（Herder）谓格代（Goethe）曰巨孩。音乐大家穆差德（Mozart）亦终生不脱孩气。休利希台额路尔谓彼曰：彼于音乐，幼而惊其长老，然于一切他事，则壮而常有童心者也。"

客观之诗人不可不多阅世，阅世愈深则材料愈丰富愈变化，《水浒传》《红楼梦》之作者是也。主观之诗人不必多阅世，阅世愈浅则性情愈真，李后主是也。

尼采谓：一切文学，余爱以血书者①。后主之词，真所谓以血书者也。宋道君皇帝《燕山亭》②词亦略似之。然道君不过自道身世之戚，后主则俨有释迦、基督担荷人类罪恶之意，其大小固不同矣。

① 尼采，德国人，擅长哲学及艺术，富于破坏思想及革命精神，故其言如是。

② 宋徽宗禅位于皇太子，被尊为教主道君皇帝、道君太上皇帝，靖康二年，北狩。《彊村丛书》本《宋徽宗词·燕山亭》云："裁翦冰绡，轻叠数重，淡著燕脂匀注。新样靓妆，艳溢香融，羞杀蕊珠宫女。易得凋零，更多少无情风雨。愁苦。问院落凄凉，几番春暮。　　凭寄离恨重重，这双燕何曾，会人言语。天遥地远，万水千山，知他故宫何处。怎不思量，除梦里有时曾去。无据。和梦也新来不做。"

冯正中词虽不失五代风格，而堂庑特大，开北宋一代风气。与中后二主词皆在《花间》范围之外，宜《花间集》①中不登其只字也。

① 《花间集》十卷，后蜀赵崇祚编。

正中词除《鹊踏枝》《菩萨蛮》十数阕最煊赫外①，如《醉花间》之"高树鹊衔巢，斜月明寒草②"，余谓韦苏州之"流萤渡高阁③"，孟襄阳之"疏雨滴梧桐④"不能过也。

① 近刻《阳春集》录《鹊踏枝》（即《蝶恋花》）十四首，其第十一首，王氏下文又称引之，兹录以示例。词曰："几日行云何处去？忘却归来，不道春将暮。百草千花寒食路。香车系在谁家树？　泪眼倚楼频独语，双燕飞来，陌上相逢否？撩乱春愁如柳絮，悠悠梦里无寻处。"又冯氏《菩萨蛮》九首，上文已录注其第六首，可参照。

② 《阳春集》载《醉花间》四首，其第三首云："晴雪小园春未到，池边梅自早。高树鹊衔巢（**按巢字，《词谱》作窠，粟香室本亦作窠**），斜月明寒草。　山川风景好，自古金陵道。少年看却老。相逢莫厌醉金杯，别离多，欢会少。"

③ 《全唐诗》卷七韦应物《寺居独夜寄崔主簿》诗："幽人寂无寐，木叶纷纷落。寒雨暗深更，流萤渡高阁。坐使青灯晓，还伤夏衣薄。宁知岁方晏，离居更萧索。"应物曾为苏州刺史，故人称韦苏州。

④ 《全唐诗》卷六收孟浩然句云："微云淡河汉，疏雨滴梧桐。"注云："王士源云：'浩然常闲游秘省，秋月新霁，诸英联诗。次当浩然云云。举座嗟其清绝，不复为缀。'"

　　欧九《浣溪沙》词"绿杨楼外出秋千"，晁补之谓：只一出字，便后人所不能道①。余谓此本于正中《上行杯》词

"柳外秋千出画墙^②"，但欧语尤工耳。

① 欧九即欧阳修。《能改斋漫录》云："晁无咎评本朝乐章云：'欧阳永叔《浣溪沙》云："堤上游人逐画船，拍堤春水四垂天，绿杨楼外出秋千。"'（按此系前片。后片云："白发戴花君莫笑，六幺催拍盏频传，人生何处似尊前。"）此等语绝妙。只一'出'字，自是后人道不到处。"

② 近刻《阳春集》本载《上行杯》云："落梅着雨消残粉，云重烟轻寒食近。罗幕遮香，柳外秋千出画墙。　　春山颠倒钗横凤，飞絮入帘春睡重。梦里佳期，只许庭花与月知。"

梅舜俞《苏幕遮》词："落尽梨花春事了。满地斜阳，翠色和烟老。"刘融斋谓少游一生似专学此种^①。余谓冯正中^②《玉楼春》词"芳菲次第长相续，自是情多无处足。尊前百计得春归，莫为伤春眉黛蹙。"永叔一生似专学此种。

① 此梅尧臣《苏幕遮·草》结三句也。《词综》卷四录其全词云："露堤平，烟墅杳。乱碧萋萋，雨后江天晓。独有庾郎年最少。窣地春袍，嫩色宜相照。　　接长亭，迷远道。堪

怨王孙，不记归期早。落尽梨花春又了。满地残阳，翠色和烟老。"按尧臣，字圣俞，作舜俞者，误。"春又了"之"又"字误作"事"，应正。

② 《阳春集》载《玉楼春》云："雪云乍变春云簇，渐觉年华堪送目。北枝梅蕊犯寒开，南浦波纹如酒绿。　芳菲次第还相续，不奈情多无处足。尊前百计得春归，莫为伤春歌黛蹙。"

人知和靖《点绛唇》[①]、舜俞《苏幕遮》、永叔《少年游》三阕[②]为咏春草绝调。不知先有正中"细雨湿流光"五字[③]，皆能摄春草之魂者也。

① 《词综》卷四，林和靖《点绛唇》："金谷年年，乱生春色谁为主？馀花落处，满地和烟雨。　又是离愁，一阕长亭暮。王孙去。萋萋无数，南北东西路。"

② 检毛晋刻本《六一词·少年游》三首，无一咏春草者。《词律》卷五收梅尧臣《少年游》，注引纪昀据吴会说，断此词为欧阳修作。盖咏春草也。词云："阑干十二独凭春，晴碧远连云。千里万里，二月三月，行色苦愁人。　谢家池上，江淹浦畔，吟魄与离魂。那堪疏雨滴黄昏，更特地忆王孙。"

③《阳春集》载《南乡子》云："细雨湿流光，芳草年年与恨长。烟锁凤楼无限事，茫茫。鸾镜鸳衾两断肠。　魂梦任悠扬，睡起杨花满绣床。薄幸不来门半掩，斜阳。负你残春泪几行。"今人笺云："细雨湿流光，实本温庭筠《荷叶杯》'朝雨湿愁红'，皇甫松《怨回纥》'江路湿红蕉'而来。"刘熙载云："冯延巳词，欧阳永叔得其深也。"

　　《诗·蒹葭》一篇①，最得风人深致。晏同叔之"昨夜西风凋碧树，独上高楼，望尽天涯路②"，意颇近之。但一洒落，一悲壮耳。

　　①《诗·秦风·蒹葭》："蒹葭苍苍，白露为霜。所谓伊人，在水一方。溯洄从之，道阻且长；溯游从之，宛在水中央。　蒹葭萋萋，白露未晞。所谓伊人，在水之湄。溯洄从之，道阻且跻；溯游从之，宛在水中坻。　蒹葭采采，白露未已。所谓伊人，在水之涘。溯洄从之，道阻且右；溯游从之，宛在水中沚。"

　　②毛晋刻本晏殊（同叔）《珠玉词》载《蝶恋花》七首，其第六首云："槛菊愁烟兰泣露。罗幕轻寒，燕子双飞去。明月不谙离恨苦，斜光到晓穿朱户。　昨夜西风凋碧树。独上

高楼，望尽天涯路。欲寄采笺兼尺素，山长水阔知何处。"

"我瞻四方，蹙蹙靡所骋①"，诗人之忧生也；"昨夜西风凋碧树，独上高楼，望尽天涯路"似之。"终日驰车走，不见所问津②"，诗人之忧世也；"百草千花寒食路，香车系在谁家树③"似之。

① 《诗·小雅·节南山》第七章云："驾彼四牡，四牡项领。我瞻四方，蹙蹙靡所骋。"
② 丁刊《全晋诗》卷六陶渊明《饮酒》第二十首云："羲农去我久，举世少复真。汲汲鲁中叟，弥缝使其淳。凤鸟虽不至，礼乐暂得新。洙泗辍微响，漂流逮狂秦。诗书复何罪，一朝成灰尘。区区诸老翁，为事诚殷勤。如何绝世下，六籍无一亲。终日驰车走，不见所问津。若复不快饮，空负头上巾。但恨多谬误，君当恕醉人。"
③ 冯延巳《鹊桥仙》（即《蝶恋花》）第十一首之句，已见前注。

古今之成大事业、大学问者，必经过三种之境界："昨夜西风凋碧树。独上高楼，望尽天涯路"，此第一境也。"衣带渐宽终不悔，为伊消得人憔悴^①"，此第二境也。"众里寻他千百度，回头蓦见，那人正在灯火阑珊处^②"，此第三境也。此等语皆非大词人不能道。然遽以此意解释诸词，恐晏、欧诸公所不许也。

① 《彊村丛书》本柳永（*初名三变，字耆卿*）《乐章集》中卷，《凤栖梧》其二云："伫倚危楼风细细，望极春愁，黯黯生天际。草色烟光残照里，无言谁会凭阑意。　拟把疏狂图一醉，对酒当歌，强乐还无味。衣带渐宽终不悔，为伊消得人憔悴。"

② 毛晋刻本辛弃疾《稼轩词》卷三，载《青玉案》云："东风夜放花千树，更吹落、星如雨。宝马雕车香满路。凤箫声动，玉壶光转，一夜鱼龙舞。　蛾儿雪柳黄金缕。笑语盈盈暗香去。众里寻它千百度。蓦然回首，那人却在、灯火阑珊处。"王引有异文，或由未展原书，仅凭记忆耶？

永叔"人间自是有情痴，此恨不关风与月"，直须看尽洛城花，始与东风容易别^①"，于豪放之中有沉着之致，所以尤高。

① 毛晋刻本欧阳永叔《六一词》载《玉楼春》二十九调，其第四调云："尊前拟把归期说，未语春容先惨咽。人生自是有情痴，此恨不关风与月。　离歌且莫翻新阕，一曲能教肠寸结。直须看尽洛城花，始共春风容易别。"王引亦间有异文。

冯梦华《宋六十一家词选·序例》谓："淮海、小山，古之伤心人也，其淡语皆有味，浅语皆有致①。"余谓此唯淮海足以当之②。小山矜贵有馀，但可方驾子野、方回，未足抗衡淮海也。

① 今人冯梦华，名煦，有《宋六十一家词选》。

② 《白雨斋词话》卷六引乔笙巢云："少游词，寄慨身世，闲雅有情思，酒边花下，一往情深，而言悱不乱，悄乎得《小雅》之遗。"《彊村丛书》本《淮海居士长短句》上，《满庭芳》云："山抹微云，天连衰草，画角声断谯门。暂停征棹，聊共引离尊。多少蓬莱旧事，空回首，烟霭纷纷。斜阳外，寒鸦万点，流水绕孤村。　销魂当此际，香囊暗解，罗带轻分，谩赢得青楼，薄幸名存。此去何时见也？襟袖上、空惹啼痕，伤情处，高城望断，灯火已黄昏。"此词多浅淡之

语，而味致甚永。（少游"寒鸦""流水"二语，出自隋炀帝《野望》诗。见《升庵诗话》卷十）

少游词境最凄婉，至"可堪孤馆闭春寒，杜鹃声里斜阳暮[①]"，则变而凄厉矣。东坡赏其后二语[②]，犹为皮相。

① 二句见《踏莎行》词，前注已录其全词。
② 即"郴江"二句。

"风雨如晦，鸡鸣不已[①]"，"山峻高以蔽日兮，下幽晦以多雨。霰雪纷其无垠兮，云霏霏而承宇[②]"，"树树皆秋色，山山尽落晖[③]"，"可堪孤馆闭春寒，杜鹃声里斜阳暮"，气象皆相似。

① 《诗·郑风·风雨》第三章："风雨如晦，鸡鸣不已。既见君子，云胡不喜？"
② 四句见《楚辞·九章·涉江》中。王逸注："垠，畔岸也。"朱熹注："宇，屋檐也。"陈本礼云："此正被放之所。"
③ 《全唐诗》卷二王绩《野望》诗云："东皋薄暮望，徙

倚欲何依？树树皆秋色，山山唯落晖。牧人驱犊返，猎马带禽归。相顾无相识，长歌怀采薇。"王引间有异文。

昭明太子称陶渊明诗"跌宕昭彰，独超众类。抑扬爽朗，莫之与京[①]"。王无功称薛收赋"韵趣高奇，词义旷远。嵯峨萧瑟，真不可言[②]"。词中惜少此二种气象，前者唯东坡，后者唯白石，略得一二耳。

① 按此数语见昭明太子萧统所撰《陶渊明集·序》，言其辞兴婉惬也。

② 按此数语，言其骨之奇劲也。刘熙载《艺概》卷三云："王无功谓薛收《白牛溪赋》，韵趣高奇，词义旷远，嵯峨萧瑟，真不可言。余谓赋之足当此评者，盖不多有，前此其惟小山《招隐士》乎？"

词之雅郑，在神不在貌。永叔、少游虽作艳语，终有品格。方之美成[①]，便有淑女与倡伎之别。

① 《艺概》卷四云："周美成词，或称其无美不备。余谓论词莫先于品。美成词信富艳精工，只是不得个'贞'字，是

以士大夫不肯学之，学之则不知终日意萦何所矣。"

美成深远之致不及欧秦。唯言情体物，穷极工巧，故不失为第一流之作者。但恨创调之才多，创意之才少耳。

词忌用替代字。美成《解语花》之"桂华流瓦^①"，境界极妙，惜以"桂华"二字代"月"耳。梦窗以下，则用代字更多^②。其所以然者，非意不足，则语不妙也。盖意足则不暇代，语妙则不必代。此少游之"小楼连苑"，"绣毂雕鞍"，所以为东坡所讥也^③。

① 《彊村丛书》本周邦彦《片玉集》卷之七《解语花·元宵》云："风销焰蜡，露浥烘炉，花市光相射。桂华流瓦。纤云散，耿耿素娥欲下。衣裳淡雅。看楚女纤腰一把。箫鼓喧，人影参差，满路飘香麝。　因念都城放夜。望千门如昼，嬉笑游冶。钿车罗帕。相逢处，自有暗尘随马。年光是也。唯只见、旧情衰谢。清漏移，飞盖归来，从舞休歌罢。"

② 按前于梦窗（吴文英）者，如张先《菩萨蛮》云："纤纤玉笋横孤竹"，以"玉笋"代手，以"孤竹"代乐器。《庆金枝》云："抱云勾雪近灯看"，以"云""雪"代女子玉体皆是。是代字不必在梦窗后始多用也。

③ 《彊村丛书》本秦观《淮海居士长短句》上，《水龙吟》云：“小楼连苑横空，下窥绣毂雕鞍骤。朱帘半卷，单衣初试，清明时候。破暖轻风，弄晴微雨，欲无还有。卖花声，过尽斜阳院落，红成阵，飞鸳甃。　　玉佩丁东别后，怅佳期参差难又。名缰利锁，天还知道，和天也瘦。花下重门，柳边深巷，不堪回首。念多情，但有当时皓月，向人依旧。”刘熙载《艺概》云：“少游《水龙吟》‘小楼连苑横空，下窥绣毂雕鞍骤’。东坡讥之云：‘十三个字只说得一个人骑马楼前过’，语极解颐。”

沈伯时①《乐府指迷》云，“说桃不可直说破‘桃’，须用‘红雨②’‘刘郎③’等字；咏柳不可直说破‘柳’，须用‘章台④’‘霸岸⑤’等字。”若惟恐人不用代字者。果以是为工，则古今类书具在，又安用词为耶？宜其为《提要》⑥所讥也。

① 宋沈伯时名义父，撰《乐府指迷》一卷。

② 《致虚阁杂俎》云：“唐天宝十三年，宫中下红雨，色如桃。”

③ 唐刘禹锡诗：“紫陌红尘拂面来，无人不道看花回。玄

都观里桃千树，尽是刘郎去后栽。"又诗曰："百亩庭中半是苔，桃花净尽菜花开。种桃道士归何处？前度刘郎今又来。"

④ 《全唐诗》卷九，韩翃《寄柳氏》诗云："章台柳，章台柳！颜色青青今在否？纵使长条似旧垂，也应攀折他人手。"

⑤ 霸岸，谓霸陵岸也。霸，一作灞。王粲《七哀诗》云："南登霸陵岸，回首望长安。"指此。《三辅黄图》云："灞桥在长安，东汉人送客至此，手折柳赠别。名曰销魂桥。"盖桥旁两岸，多植柳树，故咏柳辄及之。《佩文韵府·十五翰》"灞岸"条下，引戎昱诗云："杨柳含烟灞岸春，年年攀折为行人。"靳注又引罗隐诗云："柳攀灞岸狂遮袂，水忆池阳渌满心。"（按此罗隐《送进士臧濆下第后归池州》句。）

⑥ 《四库·乐府指迷·提要》云："又谓说桃须用红雨刘郎等字，说柳须用章台灞岸等字，说书须用银钩等字，说泪须用玉箸等字，说发须用绿云等字，说簟须用湘竹等字，不可直说破。其意欲避鄙俗，而不知转成涂饰，亦非确论。"

美成《青玉案》词："叶上初阳干宿雨。水面清圆，一一风荷举。①"此真能得荷之神理者。觉白石《念奴娇》《惜红衣》二词，犹有隔雾看花之恨②。

① 《彊村丛书》本周邦彦《片玉集》卷之四，《苏幕遮》云："燎沉香，消溽暑。鸟雀呼晴，侵晓窥檐语。叶上初阳干宿雨。水面清圆，一一风荷举。　　故乡遥，何日去？家住吴门，久作长安旅。五月渔郎相忆否？小楫轻舟，梦入芙蓉浦。"按《青玉案》调名，当为《苏幕遮》之误，应正。

② 《彊村丛书》本《白石道人歌曲》卷之四，载《念奴娇》云："闹红一舸，记来时，尝与鸳鸯为侣。三十六陂人未到，水佩风裳无数。翠叶吹凉，玉容销酒，更洒菰蒲雨。嫣然摇动，冷香飞上诗句。　　日暮。青盖亭亭，情人不见，争忍凌波去。只恐舞衣寒易落，愁入西风南浦。高柳垂阴，老鱼吹浪，留我花间住。田田多少，几回沙际归路。"又卷之五，载《惜红衣》云："簟枕邀凉，琴书换日，睡馀无力。细洒冰泉，并刀破甘碧。墙头唤酒，谁问讯，城南诗客。岑寂。高柳晚蝉，说西风消息。　　虹梁水陌，鱼浪吹香，红衣半狼藉。维舟试望故国。眇天北。可惜渚边沙外，不共美人游历。问甚时同赋，三十六陂秋色。"按白石二首，亦并咏荷花，其曰舞衣，曰红衣，盖用拟人之格，未若美成直抒物理也。

东坡《水龙吟》咏杨花①，和韵而似原唱。章质夫词②，原唱而似和韵。才之不可强也如是！

① 《彊村丛书》本苏轼《东坡乐府》卷二，《水龙吟·次韵章质夫杨花词》云："似花还似非花，也无人惜从教坠。抛家傍路，思量却是，无情有思。萦损柔肠，困酣娇眼，欲开还闭。梦随风万里，寻郎去处，又还被、莺呼起。　　不恨此花飞尽，恨西园、落红难缀。晓来雨过，遗踪何在？一池萍碎。春色三分，二分尘土，一分流水。细看来不是杨花，点点是离人泪。"

② 《词综》卷七章楶（字质夫）《水龙吟·杨花》云："燕忙莺懒芳残，正堤上、柳花飘坠。轻飞乱舞，点画青林，全无才思。闲趁游丝，静临深院，日长门闭。傍珠帘散漫，垂垂欲下，依前被、风扶起。　　兰帐玉人睡觉，怪春衣、雪沾琼缀。绣床渐满，香球无数，才圆却碎。时见蜂儿，仰沾轻粉，鱼吞池水。望章台路杳，金鞍游荡，有盈盈泪。"

咏物之词，自以东坡《水龙吟》为最工，邦卿《双双燕》次之。①白石《暗香》《疏影》②格调虽高，然无一语道着，视古人"江边一树垂垂发③"等句何如耶？

① 《词源》卷下《咏物门》云："诗难于咏物，词为尤难，体认稍真，则拘而不畅。模写差远，则晦而不明。要须收纵联密，用事合题，一段意思，全在结句，斯为绝妙。"叔夏并举史邦卿（达祖）《东风第一枝·咏春雪》《绮罗香·咏春雨》《双双燕·咏燕》诸词为佳例，唯不及东坡《水龙吟》。检《彊村丛书》本《东坡乐府·水龙吟》凡六首：卷一《水龙吟·赠赵晦之》一首。卷二载《水龙吟·闾丘大夫》一首，又《水龙吟·昔谢自然》一首。又《水龙吟·次韵章质夫杨花词》一首。卷三载《水龙吟》一首，又一首旧题作《咏雁》。六首中咏物词仅《次韵》及《咏雁》二首，尤以《次韵》为工，词已见前。史邦卿《双双燕》云："过春社了，度帘幕中间，去年尘冷。差池欲住，试入旧巢相并。还相雕梁藻井，又软语商量不定。飘然快拂花梢，翠尾分开红影。　芳径，芹泥雨润。爱贴地争飞，竞夸轻俊。红楼晚归，看足柳昏花暝，应自栖香正稳。便忘了天涯芳信。愁损翠黛双蛾，日日画栏独凭。"

② 《词源》卷下《意趣门》，举姜白石（夔）《暗香》《疏影》二首以为皆清空中有意趣。《暗香》云："旧时月

色，算几番照我，梅旁吹笛。唤起玉人，不管清寒与攀摘。何逊而今渐老，都忘却、春风词笔。但怪得、竹外疏花，香冷入瑶席。　　江国，正寂寂。叹寄与路遥，夜雪初积。翠尊易泣，红萼无言耿相忆。长记曾携手处，千树压、西湖寒碧。又片片吹尽也，几时见得。"《疏影》云："苔枝缀玉。有翠禽小小，枝上同宿。客里相逢，篱角黄昏，无言自倚修竹。昭君不惯胡沙远，但暗忆、江南江北。想佩环、月夜归来，化作此花幽独。　　犹记深宫旧事，那人正睡里，飞近蛾绿。莫似春风，不管盈盈，早与安排金屋。还教一片随波去，又却怨、玉龙哀曲。等恁时、重觅幽香，已入小窗横幅。"（二词均在《彊村丛书》本《白石道人歌曲》卷之五。）

③ 杜甫《和裴迪登蜀州东亭送客逢早梅相忆见寄》："东阁官梅动诗兴，还如何逊在扬州。此时对雪遥相忆，送客逢春可自由。幸不折来伤岁暮，若为看去乱乡愁。江边一树垂垂发，朝夕催人自白头。"

白石写景之作，如"二十四桥仍在，波心荡、冷月无声①"，"数峰清苦，商略黄昏雨②"，"高树晚蝉，说西风消息③"，虽格韵高绝，然如雾里看花，终隔一层。梅溪、梦窗诸家写景之病，皆在一"隔"字。北宋风流，渡江遂绝。抑真有运会存乎其间耶?

① 《彊村丛书》本《白石道人歌曲》卷之五，《扬州慢》云：“淮左名都，竹西佳处，解鞍少驻初程。过春风十里，尽荠麦青青。自胡马窥江去后，废池乔木，犹厌言兵。渐黄昏，清角吹寒，都在空城。　　杜郎俊赏，算而今、重到须惊。纵豆蔻词工，青楼梦好，难赋深情。二十四桥仍在，波心荡、冷月无声。念桥边红药，年年知为谁生？”

② 《彊村丛书》本《白石道人歌曲》卷之三，《点绛唇》第一首云：“燕雁无心，太湖西畔随云去。数峰清苦，商略黄昏雨。　　第四桥边，拟共天随住。今何许？凭栏怀古，残柳参差舞。”

③ 二句见上引《惜红衣》词。“高树”一作“高柳”。

问隔与不隔之别，曰：陶、谢之诗不隔①，延年则稍隔矣②；东坡之诗不隔，山谷则稍隔矣③。“池塘生春草”④“空梁落燕泥”⑤等二句，妙处唯在不隔。词亦如是。即以一人一词论，如欧阳公《少年游》咏春草上半阕云：“阑干十二独凭春，晴碧远连云。二月三月，千里万里，行色苦愁人。”语语都在目前，便是不隔。至云：“谢家池上，江淹浦畔”，则隔矣⑥。白石《翠楼吟》："此地宜有词仙，拥素云黄鹤，与君游戏。玉梯凝望久，叹芳草、萋萋千里"，便是不隔。至"酒祓清愁，花消英气"，则隔矣⑦。然南宋词虽不隔处，比之前人，自有浅深厚薄之别。

① 萧统评渊明之诗，为抑扬爽朗，莫之与京。鲍照评灵运之诗，如初日芙蓉，自然可爱，曰爽朗，曰自然，即此所谓不隔也。

② 汤惠休评颜延年诗，如错彩镂金。盖病其雕绘过甚，即有胜义，难以直寻。此王氏所以谓之隔也。

③ 沈德潜评东坡诗笔超旷，等于天马脱羁，飞踔游戏，穷极变幻，而适如意中所欲出。赵翼评东坡之诗，爽如哀梨，快如并剪，有必达之隐，无难显之情。并足证东坡诗之不隔也。陈后山谓山谷学杜，过于出奇，不如杜之遇物而奇。沈德潜则以太生目之。过于出奇与太生云者，盖指摘其失自然之义。即此山谷稍隔之说也。《许彦周诗话》引林艾轩云："丈夫见客，大踏步便出去；若女子便有许多妆裹。此坡谷之别也。"喻苏爽黄涩尤显。

④ 丁刊《全宋诗》卷三谢灵运《登池上楼》云："潜虬媚幽姿，飞鸿响远音。薄宵愧云浮，栖川怍渊沉。进德智所拙，

退耕力不任。徇禄反穷海，卧疴对空林。衾枕昧节候，褰开暂窥临。倾耳聆波澜，举目眺岖嵚。初景革绪风，新阳改故阴。池塘生春草，园柳变鸣禽。祁祁伤豳歌，萋萋感楚吟。索居易永久，离群难处心。持操岂独古，无闷征在今。"

⑤ 丁刊《全隋诗》卷二薛道衡《昔昔盐》云："垂柳覆金堤，蘼芜叶复齐。水溢芙蓉沼，花飞桃李蹊。采桑秦氏女，织锦窦家妻，关山别荡子，风月守空闺。恒敛千金笑，长垂双玉啼。盘龙随镜隐，彩凤逐帷低。飞魂同夜鹊，倦寝忆晨鸡。暗牖悬蛛网，空梁落燕泥。前年过代北，今岁往辽西。一去无消息，那能惜马蹄。"

⑥《少年游》词全文，已见前注。"谢家池上"，用谢灵运"池塘生春草"句典；"江淹浦畔"，用江淹《别赋》"春草碧色，春水绿波，送君南浦，伤如之何"四句。谢江原作，皆妙见兴象，欧词则凿死妙语，意晦趣隔矣。

⑦《彊村丛书》本《白石道人歌曲》卷之六，自制曲，《翠楼吟》云："月冷龙沙，尘清虎落，今年汉酺初赐。新翻胡部曲，听毡幕、元戎歌吹。层楼高峙。看槛曲萦红，檐牙飞翠。人姝丽。粉香吹下，夜寒风细。　　此地宜有词仙，拥素云黄鹤，与君游戏。玉梯凝望久，叹芳草、萋萋千里。天涯情味。仗酒祓清愁，花销英气。西山外，晚来还卷，一帘

秋霁。"

"生年不满百，常怀千岁忧。昼短苦夜长，何不秉烛游[①]"，"服食求神仙，多为药所误。不如饮美酒，被服纨与素[②]"，写情如此，方为不隔。"采菊东篱下，悠然见南山。山气日夕佳，飞鸟相与还"，"天似穹庐，笼盖四野。天苍苍，野茫茫，风吹草低见牛羊[③]"，写景如此，方为不隔。

①《文选·古诗十九首》第十五首云："生年不满百，常怀千岁忧。昼短苦夜长，何不秉烛游？为乐当及时，何能待来兹？愚者爱惜费，但为后世嗤。仙人王子乔，难可与等期。"

②《文选·古诗十九首》第十三首云："驱车上东门，遥望郭北墓。白杨何萧萧，松柏夹广路。下有陈死人，杳杳即长暮。潜寐黄泉下，千载永不寤。浩浩阴阳移，年命如朝露。人生忽如寄，寿无金石固。万岁更相送，圣贤莫能度。服食求神仙，多为药所误。不如饮美酒，被服纨与素。"

③丁刊《全北齐诗》斛律金《敕勒歌》云："敕勒川，阴山下。天似穹庐，笼盖四野。天苍苍，野茫茫，风吹草低见牛羊。"

古今词人格调之高，无如白石。惜不于意境上用力，故觉无言外之味，弦外之响，终不能与于第一流之作者也。

南宋词人，白石有格而无情，剑南[1]有气而乏韵。其堪与北宋人颉颃者，唯一幼安耳。近人祖南宋而祧北宋，以南宋之词可学，北宋不可学也。学南宋者，不祖白石，则祖梦窗，以白石、梦窗可学，幼安不可学也。学幼安者率祖其粗犷、滑稽，以其粗犷、滑稽处可学，佳处不可学也。幼安之佳处，在有性情，有境界。即以气象论，亦有"横素波、干青云[2]"之概，宁后世龌龊小生所可拟耶？

[1] 剑南即陆游。
[2] 萧统《陶渊明集·序》云："横素波而傍流，干青云而直上。"

东坡之词旷[1]，稼轩之词豪[2]。无二人之胸襟而学其词，犹东施之效捧心也。

[1] 《艺概》云："东坡词具神仙出世之姿。"
[2] 《艺概》云："稼轩词龙腾虎掷，《宋史·本传》称其

雅善长短句，悲壮激烈。"

读东坡、稼轩词，须观其雅量高致，有伯夷、柳下惠之风。白石虽似蝉蜕尘埃，然终不免局促辕下。

苏辛，词中之狂。白石，犹不失为狷。若梦窗、梅溪、玉田、草窗、中麓辈，面目不同，同归于乡愿而已[1]。

[1] 按狂者进取，狷者则有所不为，虽非中道之士，而孔门固犹有取。苏辛之词，大抵皆具豪放之致，而白石之词，刘熙载譬诸"藐姑冰雪"，其与苏辛之异，亦犹狷之殊狂也。至吴文英（梦窗）、史达祖（梅溪）、张炎（玉田）、周密（草窗）及明人李开先（中麓）之词，大抵好修为常，性灵渐隐，亦犹乡愿之色厉内荏，似是而非。害德害文，不妨同喻。

稼轩中秋饮酒达旦，用《天问》体作《木兰花慢》[1]以送月，曰："可怜今夕月，向何处、去悠悠？是别有人间，那边才见，光景东头。"词人想像，直悟月轮绕地之理，与科学家密合，可谓神悟。

[1] 四印斋刻本辛弃疾《稼轩词》卷四，载《木兰花慢》

云：“可怜今夕月，向何处、去悠悠？是别有人间，那边才见，光景东头。是天外空汗漫，但长风、浩浩送中秋。飞镜无根谁系？姮娥不嫁谁留？　　谓经海底问无由。恍惚使人愁。怕万里长鲸，纵横触破，玉殿琼楼。虾蟆故堪浴水，问云何、玉兔解沉浮？若道都齐无恙，云何渐渐如钩？”

周介存谓："梅溪词中喜用‘偷’字，足以定其品格。[1]"刘融斋谓："周旨荡而史意贪。[2]"此二语令人解颐。

[1] 语见周济《介存斋论语杂著》。

[2] 《艺概》云："周美成律最精审，史邦卿句最警炼，然未得为君子之词者，周旨荡而史意贪也。"

介存谓梦窗词之佳者，如"水光云影，摇荡绿波，抚玩无极，追寻已远"。余览《梦窗甲乙丙丁稿》[1]中，实无足当此者。有之，其"隔江人在雨声中，晚风菰叶生秋怨"[2]二语乎？

[1] 《梦窗甲乙丙丁稿》，毛氏汲古阁刻。

[2] 《彊村丛书》本吴文英《梦窗词集补·踏莎行》云：

"润玉笼绡，檀樱倚扇。绣圈犹带脂香浅。榴心空叠舞裙红，艾枝应压愁鬟乱。　　午梦千山，窗阴一箭。香瘢新褪红丝腕。隔江人在雨声中，晚风菰叶生秋怨。"

梦窗之词，吾得取其词中一语以评之曰："映梦窗凌乱碧。"①玉田之词，余得取其词中之一语以评之曰："玉老田荒。"②

① 《彊村丛书》本吴文英《梦窗词集·秋思》云："堆枕香鬟侧。骤夜声，偏称画屏秋色。风碎串珠，润侵歌板，愁压眉窄。动罗簟清商，寸心低诉叙怨抑。映梦窗零乱碧。待涨绿春深，落花香泛，料有断红流处，暗题相忆。　　欢酌。檐花细滴。送故人、粉黛重饰。漏侵琼瑟，丁东敲断，弄晴月白。怕一曲《霓裳》未终，催云骖凤翼。叹谢客犹未识。漫瘦却东阳，镫前无梦到得。路隔重云雁北。"

② 《彊村丛书》本张炎（玉田）《山中白云词》卷八，《踏莎行·跋寄傲诗集》云："水落槎枯，田荒玉碎，夜阑秉烛惊相对。故家人物已无传，一灯却照清江外。　　色展天机，光摇海贝。锦囊日月奚童背。重逢何处抚孤松，共吟风月西湖醉。"靳注云："田荒当为田荒玉碎之意引。"

"明月照积雪^①"，"大江流日夜^②"，"中天悬明月^③"，
"黄河落日圆^④"，此种境界，可谓千古壮观。求之于词，唯
纳兰容若塞上之作，如《长相思》之"夜深千帐灯^⑤"，《如
梦令》之"万帐穹庐人醉，星影摇摇欲坠^⑥"差近之。

① 丁刊《全宋诗》卷三谢灵运《岁暮》："殷忧不能寐，
苦此夜难颓。明月照积雪，朔风劲（或作清）且哀。运往无淹
物，年逝觉已（或作易）催。"

② 丁刊《全齐诗》卷三谢朓《暂使下都夜发新林至京邑
赠西府同僚》："大江流日夜，客心悲未央。徒念关山近，终
知反路长。秋河曙耿耿，寒渚夜苍苍。引顾见京室，宫雉正相
望。金波丽鳷鹊，玉绳低建章。驱车鼎门外，思见昭丘阳。驰
晖不可接，何况隔两乡？风云有鸟路，江汉限无梁。常恐鹰隼
击，时菊委严霜。寄言蔚罗者，寥廓已高翔。"朓字玄晖，南
齐下邳人，与灵运等同为玄之后。

③ 杜甫《后出塞》内句也，全诗见前。

④ 《全唐诗》卷五王维《使至塞上》云："单车欲问边，
属国过居延（一作衔命辞天阙，单车欲问边）。征蓬出汉塞，
归雁入胡天。大漠孤烟直，长河落日圆。萧关逢候吏（一作

骑），都护在燕然。"王引偶有异文。

⑤ 纳兰容若《饮水词》卷上，载《长相思》云："山一程，水一程。身向榆关那畔行，夜深千帐灯。　风一更，雪一更。聒碎乡心梦不成，故园无此声。"

⑥ 《纳兰词补遗》载《如梦令》云："万帐穹庐人醉，星影摇摇欲坠。归梦隔狼河，又被河声搅碎。还睡，还睡。解道醒来无谓。"

纳兰容若以自然之眼观物，以自然之舌言情。此由初入中原，未染汉人风气，故能真切如此。北宋以来，一人而已。

陆放翁跋《花间集》谓："唐季五代，诗愈卑，而倚声者辄简古可爱。能此不能彼，未可以理推也。"《提要》驳之，谓："犹能举七十斤者，举百斤则蹶。举五十斤则运掉自如。"其言甚辨①。然谓词必易于诗，余未敢信。善乎陈卧子②之言曰："宋人不知诗而强作诗，故终宋之世无诗。然其欢愉愁苦之致，动于中而不能抑者，类发于诗馀，故其所造独工。"五代词之所以独胜，亦以此也。

① 《四库提要》云："《花间集》后有陆游二跋：其一称

'斯时天下岌岌，士大夫乃流宕如此，或者出于无聊。不知惟士大夫流宕如此，天下所以岌岌。游未返思其本耳'。其二称唐季五代诗愈卑，而倚声者辄简古可爱。能此不能彼，未易以理推也（参看下卷"诗至唐中叶以后"条注2）。不知文之体格有高卑，人之学力有强弱。学力不足副其体格，则举之不足；学力足以副其体格，则举之有馀。律诗降于古诗，故中晚唐古诗多不工，而律诗则时有佳作。词又降于律诗，故五季人诗不及唐，词乃独胜。此犹能举七十斤者，举百斤则蹶，举五十斤则运掉自如，有何不可理推乎？"

② 陈卧子，名子龙，更字人中，号大樽，明松江华亭人。有《诗问略》行世（参看下卷"诗至唐中叶以后"条注2）。

四言敝而有《楚辞》，《楚辞》敝而有五言，五言敝而有七言，古诗敝而有律绝，律绝敝而有词。盖文体通行既久，染指遂多，自成习套。豪杰之士，亦难于其中自出新意，故遁而作他体，以自解脱。一切文体所以始盛终衰者，皆由于此。故谓文学后不如前，余未敢信。但就一体论，则此说固无以易也。

诗之《三百篇》《十九首》，词之五代、北宋，皆无题也；非无题也，诗词中之意，不能以题尽之也。自《花庵》

①《草堂》②每调立题，并古人无题之词亦为之作题，如观一幅佳山水，而即曰此某山某河，可乎？诗有题而诗亡，词有题而词亡。然中材之士，鲜能知此而自振拔者矣。

① 《花庵》，词选名，宋黄昇编，凡二十卷。前十卷名《唐宋诸贤绝妙词选》，始于唐李白，终于北宋王昂；方外闺秀各为一卷附焉。后十卷曰《中兴以来绝妙词选》，始于康与之，终于黄昇。黄昇，字叔旸，号玉林，闽人。

② 《草堂》即《草堂诗馀》，武林逸史编。词家有小令、中调、长调之分，自此书始。凡四卷。武林逸史不详何人。此书旧传为南宋何士信所编。

大家之作，其言情也必沁人心脾；其写景也必豁人耳目；其辞脱口而出，无矫揉妆束之态。以其所见者真，所知者深也。诗词皆然。持此以衡古今之作者，可无大误矣。

人能于诗词中不为美刺投赠之篇，不使隶事之句，不用粉饰之字，则于此道已过半矣。

以《长恨歌》之壮采，而所隶之事，只“小玉、双成”四字，才有馀也。梅村歌行，则非隶事不办①。白、吴优劣，即于此见。不独作诗为然，填词家亦不可不知也。

① 按如吴伟业《圆圆曲》，使事固多，亦由避触时忌使然。白乐天《长恨歌》，则有陈鸿之传在前，故能运以轻灵。势有不同，未可遽判其优劣。

近体诗体制，以五七言绝句为最尊，律诗次之，排律最下。盖此体于寄兴言情，两无所当，殆有韵之骈体文耳。词中小令如绝句，长调似律诗，若长调之《百字令》《沁园春》等，则近于排律矣。

诗人对宇宙人生，须入乎其内，又须出乎其外。入乎其内，故能写之。出乎其外，故能观之。入乎其内，故有生气。出乎其外，故有高致。美成能入而不出。白石以降，于此二事皆未梦见。

诗人必有轻视外物之意，故能以奴仆命风月。又必有重视外物之意，故能与花鸟共忧乐。

"昔为倡家女，今为荡子妇。荡子行不归，空床难独守①"，"何不策高足，先据要路津？无为久贫贱，辗轲长苦辛②"，可谓淫鄙之尤。然无视为淫词③鄙词④者，以其真也。五代、北宋之大词人亦然。然非无淫词，读之者但觉其亲切动人。非无鄙词，但觉其精力弥满。可知淫词与鄙词之病，非淫与鄙之病，而游词之病也。"岂不尔思？室是远而。"而子曰："未之思也，夫何远之有？⑤"恶其游也。

① 《古诗十九首》第二首："青青河畔草，郁郁园中柳。盈盈楼上女，皎皎当窗牖。娥娥红粉妆，纤纤出素手。昔为倡家女，今为荡子妇。荡子行不归，空床难独守。"

② 《古诗十九首》第四首："今日良宴会，欢乐难具陈。弹筝奋逸响，新声妙入神。令德唱高言，识曲听其真。齐心同所愿，含意俱未伸：人生寄一世，奄忽若飙尘。何不策高足，先据要路津？无为守穷贱，轗轲长苦辛。"

③ 金应珪《词选·后序》云："义非宋玉，而独赋蓬发；谏谢淳于，而唯陈履舄、揣摩床笫，污秽中冓。是为淫词。"

④ 金应珪《词选·后序》云："猛起奋末，分言析字，诙嘲则俳优之末流，叫啸则市侩之盛气，此犹巴人振喉以和阳春，黾蜮怒嗌以调疏越。是谓鄙词。"

⑤ 《论语·子罕》云："唐棣之华，偏其反而。岂不尔思，室是远而。子曰：未之思也，夫何远之有？"

"枯藤老树昏鸦。小桥流水平沙。古道西风瘦马。夕阳西下，断肠人在天涯。"此元人马东篱①《天净沙》小令也。

寥寥数语，深得唐人绝句妙境。有元一代词家，皆不能为此也。

① 马东篱，名致远，号东篱，元大都人。所作曲存于《元曲选》中者，凡《青衫泪》《岳阳楼》《陈抟高卧》《汉宫秋》《荐福碑》及《任风子》等。

白仁甫《秋夜梧桐雨》剧，沈雄悲壮，为元曲冠冕^①。然所作《天籁词》，粗浅之甚，不足为稼轩奴隶。岂创者易工，而因者难巧欤？抑人各有能有不能也？读者观欧、秦之诗远不如词，足透此中消息。

① 吴梅云："白朴（仁甫）《唐明皇秋夜梧桐雨》杂剧，结构之妙，较他种更胜，不袭通常团圆套格，而夜雨闻铃作结，高出常手万倍。"

王国维人间词话卷下

白石之词，余所最爱者，亦仅二语，曰："淮南皓月冷千山，冥冥归去无人管。①"

① 《彊村丛书》本《白石道人歌曲》卷三，《踏莎行·自沔东来，丁未元日至金陵，江上感梦而作》："燕燕轻盈，莺莺娇软，分明又向华胥见。夜长争得薄情知？春初早被相思染。　　别后书辞，别时针线。离魂暗逐郎行远。淮南皓月冷千山，冥冥归去无人管。"

双声叠韵之论，盛于六朝①，唐人犹多用之②。至宋以后，则渐不讲，并不知二者为何物。乾嘉间，吾乡周松霭先生（春）著《杜诗双声叠韵谱括略》，正千余年之误，可谓有功文苑者矣。其言曰："两字同母谓之双声，两字同韵谓之叠韵。③"余按，用今日各国文法通用之语表之，则两字同一子音者谓之双声。如《南史·羊元保传》之"官家恨狭，更广八分"，"官、家、更、广"四字，皆从 K 得声。《洛阳伽蓝记》之狞奴慢骂，"狞、奴"二字，皆从 N 得声，"慢、骂"二字，皆从 M 得声也。两字同一母音者，谓之叠韵。如梁武帝"后牖有朽柳④"，"后、牖、有"三字，双声而兼叠韵。"有、朽、柳"三字，其母音皆为 u。刘孝绰之"梁皇长康强"，"梁、长、强"三字，其母音皆为 ian 也。自李淑《诗苑》⑤伪造沈约之说，以双声叠韵为诗中八病之二⑥，后世诗家多废而不讲，亦不复用之于词。余谓苟于词之荡漾处多用叠韵，促节处多用双声，则其铿锵可诵，必有过于前人者。惜世之专讲音律者，尚未悟此也。

① 如《宋书·谢庄传》，载庄得王玄谟，玄护为双声，礛碬为叠韵。又《王玄保传》好为双声。又沈约所谓"一简之内，音韵尽殊"，与刘勰所谓"响有双叠。双声隔字而每舛，叠韵杂句而必睽"同理。皆论双声叠韵之说也。

② 如杜诗最善运双叠，周春曾为谱以著之。

③ 此与刘勰所谓"异音相从谓之和，同声相应谓之韵"同理。

④ 《韵语阳秋》引陆龟蒙诗序曰："叠韵起自梁。武帝云

'后牖有朽柳。'当时侍从之臣皆唱和。刘孝绰云：'梁皇长康强。'沈休文云：'偏眠船舷边。'庾肩吾云：'载碓每碍埭。'自后用此体作为小诗者多矣。"

⑤ 宋李淑《诗苑类格》三卷，书佚。《玉海》五十四云："翰林学士李淑承诏编为三卷，上卷首以真宗御制八篇，条解声律为常格，别二篇为变格，又以沈约而下二十八人评诗者次之。中卷叙古诗杂体三十门。下卷叙古人体制别有六十七门。"

⑥ 八病中有旁纽病，谓一句之内，犯两用同纽字之病也。亦即刘勰所谓"双声隔字而每舛"。又有小韵病，谓一句之内，犯两用同韵字之病也。亦即刘勰所谓"叠韵杂句而必暌"。

诗至唐中叶以后①，殆为羔雁之具矣。故五代、北宋之诗，佳者绝少，而词则为其极盛时代②。即诗词兼擅如永叔、少游者，词胜于诗远甚。以其写之于诗者，不若写之于词者之真也。至南宋以后，词亦为羔雁之具，而词亦替矣。此亦文学升降之一关键也。

① 按唐中叶以后，唱酬诗繁，和韵尤为风行，窜步相寻，

诗之真趣尽矣。

② 陆游云："诗至晚唐五季，气格卑陋，千家一律，而长短句独精巧高丽，后世莫及。"陈子龙云："宋人不知诗而强作诗，其为诗也，言理而不言情，终宋之世无诗。然其欢愉愁苦之致，动于中而不能抑者，类发于诗余，故其所造独工，盖以沈挚之思而出之必浅近，使读之者骤遇之如在耳目之前，久诵之而得隽永之趣，则用意难也；以偎利之词，而制之必工炼，使篇无累句，句无累字，圆润明密，言如贯珠，则铸词难也；其为体也纤弱，明珠翠羽，犹嫌其重，何况龙鸾必有鲜妍之姿，而不藉粉泽，则设色难也；其为境也婉媚，虽以惊露取妍，实贵含蓄不尽，时在低徊唱叹之际，则命篇难也：宋人专事之，篇什既富，触景皆会，虽高谈大雅，而亦觉其不可废也。"（见《历代诗馀》卷一一二引，又卷一一八引。又前卷陆放翁、陈卧子条可参。）

曾纯甫中秋应制，作《壶中天慢》词①，自注云："是夜，西兴亦闻天乐。"谓宫中乐声，闻于隔岸也。毛子晋谓："天神亦不以人废言。"近冯梦华复辨其诬②。不解"天乐"二字文义，殊笑人也！

① 曾觌字纯甫，汴人。孝宗受禅，以潜邸旧人，除权知阁门事。有《海野词》，收入毛晋所刻《宋六十名家词》。《壶中天慢》调下自注云："此进御月词也。上皇大喜曰：'从来月词，不曾用金瓯事，可谓新奇。'赐金束带、紫番罗、水晶碗。上亦赐宝盏。至一更五点还宫。是夜，西兴亦闻天乐焉。"词曰："素飙漾碧，看天衢稳送，一轮明月。翠水瀛壶人不到，比似世间秋别。玉手瑶笙，一时同色，小按《霓裳》叠。天津桥上，有人偷记新阕。　　当日谁幻银桥？阿瞒儿戏，一笑成痴绝。肯信群仙高宴处，移下水晶宫阙。云海尘清，山河影满，桂冷吹香雪。何劳玉斧，金瓯千古无缺。"毛晋跋语云："进月词，一夕西兴，共闻天乐，岂天神亦不以人废言耶？"

② 冯煦（梦华）《宋六十一家词选例言》云："曾纯甫赋进御月词（按即《壶中天》词），其自记云：'是夜，西兴亦闻天乐。'子晋遂谓'天神亦不以人废言'，不知宋人每好自神其说。白石道人尚欲以巢湖风驶归功于《平调满江红》，于海野何讥焉？《独醒杂志》谓逻卒闻张建封庙中鬼歌东坡燕子楼乐章，则又出他人之传会，益无征已。"

北宋名家以方回为最次①。其词如历下、新城之诗②，非不华赡，惜少真味。

① 沈雄《柳塘词话》云："方回作《青玉案》词，黄山谷赠以诗云：'解道江南肠断句，只今惟有贺方回！'其为前辈推重可知。因词中有'梅子黄时雨'，人呼为贺梅子。"陈廷焯《白雨斋词话》卷一云："方回《踏莎行·荷花》云：'断无蜂蝶慕幽香，红衣脱尽芳心苦。'下云：'当年不肯嫁东风，无端却被秋风误。'此词骚情雅意，哀怨无端，读者亦不自知何以心醉，何以泪堕。《浣溪沙》云：'记得西楼凝醉眼，昔年风物似而今，只无人与共登临。'只用数虚字盘旋唱叹，而情事毕现，神乎技矣。世第赏其梅子黄时雨一章，犹是耳食之见。"沈、陈二氏论词均推方回，而王氏竟以乏真味少之，可见词坛定论之难。

② 李攀龙，明历城人，诗主声调。王士祯，清新城人，诗主神韵。

散文易学而难工，骈文难学而易工。近体诗易学而难工，古体诗难学而易工。小令易学而难工，长调难学而易工。

古诗云："谁能思不歌？谁能饥不食？①"诗词者，物之不得其平而鸣者也^②。故欢愉之辞难工，愁苦之言易巧^③。

　　① 《子夜歌》云："谁能思不歌？谁能饥不食？日冥当户倚，惆怅底不忆？"

　　② 韩愈《送孟东野序》云："大凡物不得其平则鸣"，"其于人也亦然"，"孟郊东野，始以其诗鸣。抑不知天将和其声而使鸣国家之盛耶？抑将穷饿其身，思愁其心肠，而使自鸣其不幸耶？"

　　③ 《白雨斋词话》卷七云："诗以穷而后工，倚声亦然。故仙词不如鬼词，哀则幽郁，乐则浅显也。"

　　社会上之习惯，杀许多之善人。文学上之习惯，杀许多之天才。

　　昔人论诗词，有景语情语之别，不知一切景语皆情语也。

　　词家多以景寓情。其专作情语而绝妙者，如牛峤之"甘作一生拼，尽君今日欢^①"，顾夐之"换我心为你心，始知相忆深^②"，欧阳修之"衣带渐宽终不悔，为伊消得人憔悴^③"，美成之"许多烦恼，只为当时，一晌留情^④"。此等词，求之古今人词中，曾不多见。

① 牛峤，字松卿。检原词，"甘"字应作"须"字。王国维辑本《牛给事词·菩萨蛮》其七云："玉炉冰簟鸳鸯锦，粉融香汗流山枕。帘外辘轳声，敛眉含笑惊。　　柳阴烟漠漠，低鬓蝉钗落。须作一生拼，尽君今日欢。"贺裳《皱水轩词筌》云："小词以含蓄为佳，亦有作决绝语而妙者，如牛峤'须作一生拼，尽君今日欢'。抑亦其次。"

② 顾夐，五代词人。王国维辑本《顾太尉词·诉衷情》其二云："永夜抛人何处去？绝来音。香阁掩，眉敛月将沉。　　争忍不相寻？怨孤衾。换我心为你心，始知相忆深。"

③ 此系柳永词，作欧阳，误。全词已见卷上，不赘引。贺裳《皱水轩词筌》云："小词以含蓄为佳，亦有作决绝语而妙者，如韦庄'谁家年少足风流，妾拟将身嫁与，一生休。纵被无情弃，不能羞'之类是也。柳耆卿'衣带渐宽终不悔，为伊消得人憔悴'，亦即韦意，而气加婉矣。"

④ 《彊村丛书》本《片玉集》卷六，《庆宫春·越调》云："云接平冈，山围寒野，路回渐展孤城。衰柳啼鸦，惊风驱雁，动人一片秋声。倦途休驾，淡烟里，微茫见星。尘埃憔悴，生怕黄昏，离思牵萦。　　华堂旧日逢迎。花艳参差，香

雾飘零。弦管当头，偏怜娇凤，夜深簧暖笙清。眼波传意，恨密约匆匆未成。许多烦恼，只为当时，一晌留情。"

词之为体，要眇宜修[①]。能言诗之所不能言，而不能尽言诗之所能言。诗之境阔，词之言长。

① 《九歌·湘君》："美要眇兮宜修。"

言气质[①]，言神韵[②]，不如言境界。有境界，本也；气质、神韵，末也[③]。有境界而二者随之矣。

① 气质指人之才分。自魏文帝已阐此义。
② 王士祯所谓神韵，翁方纲以为即格调之改称。说见《石洲诗话》。
③ 境界之说，王氏自谓独创，已见卷上。境界由文思构成，而以灏烂为贵。思君如流水，既是即目；高台多悲风，亦惟所见。钟嵘论文境，雅重耳目之不隔，王氏之说果无所本乎。至以作者才分论文，以文字声调论文，自未若以文学之境界论文为更深切也。

"西风吹渭水，落日满长安。^①"美成以之入词^②，白仁甫以之入曲^③，此借古人之境界为我之境界者也。然非自有境界，古人亦不为我用。

① 按贾岛原诗，为"秋风吹渭水，落叶满长安"。王氏误记一二字，应勘正。（陈子龙云："贾诗，后人传为吕洞宾诗。"）

② 《片玉集》卷五，《齐天乐·秋思》云："绿芜雕尽台城路，殊乡又逢秋晚。暮雨生寒，鸣蛩劝织，深阁时闻裁剪。云窗静掩。叹重拂罗茵，顿疏花簟。尚有练囊，露萤清夜照书卷。　　荆江留滞最久，故人相望处，离思何限？渭水西风，长安乱叶，空忆诗情宛转。凭高眺远，正玉液新篘，蟹螯初荐。醉倒山翁，但愁斜照敛。"

③ 白仁甫《双调德胜乐·秋》（第三段）云："玉露冷，蛩吟砌。听落叶西风渭水。寒雁儿长空嘹唳。陶元亮醉在东篱。"（录自任讷校补《阳春白雪补集》。《太和正音谱》首二句作"玉露冷冷蛩吟砌，落叶西风渭水"。）

长调自以周、柳、苏、辛为最工。美成《浪淘沙慢》二词①，精壮顿挫，已开北曲之先声。若屯田之《八声甘州》②，东坡之《水调歌头》③，则仁兴之作，格高千古，不能以常调论也。

① 按美成《浪淘沙》，本集只一篇。二词若作一词之前后片解，亦不经见。疑二字衍，应作美成《浪淘沙慢》词。其词云："晓阴重，霜凋岸草，雾隐城堞。南陌脂车待发，东门帐饮乍阕。正拂面、垂杨堪揽结。掩红泪、玉手亲折。念汉浦离鸿去何许，经时信音绝。　　情切。望中地远天阔。向露冷风清无人处，耿耿寒漏咽。嗟万事难忘，唯是轻别。翠尊未竭。凭断云，留取西楼残月。　　罗带光销纹衾叠。连环解、旧香顿歇。怨歌永、琼壶敲尽缺。恨春去、不与人期，弄夜色，空馀满地梨花雪。"

② 柳耆卿《乐章集》下卷，《八声甘州》云："对潇潇暮雨洒江天，一番洗清秋。渐霜风凄惨，关河冷落，残照当楼。是处红衰翠减，苒苒物华休。惟有长江水，无语东流。　　不忍登高临远，望故乡渺邈，归思难收。叹年来踪迹，何事苦淹留？想佳人、妆楼颙望，误几回、天际识归舟。争知我、倚阑干处，正恁凝愁。"

③ 检《彊村丛书》编年本《东坡乐府》，得《水调歌头》

四首：一为中秋欢饮兼怀子由作；二为和子由作；三为快哉亭作；四为櫽栝退之听琴诗作。兹录其一示例："明月几时有？把酒问青天。不知天上宫阙，今夕是何年。我欲乘风归去，又恐琼楼玉宇，高处不胜寒。起舞弄清影，何似在人间。　　转朱阁，低绮户，照无眠。不应有恨，何事长向别时圆。人有悲欢离合，月有阴晴圆缺，此事古难全。但愿人长久，千里共婵娟。"

稼轩《贺新郎》词《别茂嘉十二弟》①，章法绝妙。且语语有境界，此能品而几于神者②。然非有意为之，故后人不能学也。

① 毛晋刻本《稼轩词》卷一，《贺新郎·别茂嘉十二弟》云："绿树听鹈鴂，更那堪、鹧鸪声住，杜鹃声切。啼到春归无寻处，苦恨芳菲都歇。算未抵、人间离别。马上琵琶关塞黑，更长门、翠辇辞金阙。看燕燕，送归妾。　　将军百战身名裂。向河梁、回头万里，故人长绝。易水萧萧西风冷，满座衣冠似雪。正壮士、悲歌未彻。啼鸟还知如许恨，料不啼清泪长啼血。谁共我，醉明月？"

② 梁任公云："稼轩善用回荡的表情法，此首却出之以堆垒式。"

稼轩《贺新郎》词："柳暗凌波路。送春归、猛风暴雨，一番新绿。"又，《定风波》词："从此酒酣明月夜。耳热。""绿""热"二字皆作上去用。与韩玉《东浦词》《贺新郎》，以"玉""曲"叶"注""女"，《卜算子》以"夜""谢"叶"食""月"，已开北曲四声通押之祖。①

① 谢章铤《词话续编》一云："词之三声互叶，非创自词也，虞廷赓歌已以熙韵喜起矣。"就词而言，则友人夏瞿禅云："《云谣集·渔歌子》'悄''寞''祷''少'，三声相叶，为最先见之例。又《乐府雅词·九张机》'机''理''寐''白''碧''色'相叶。又此例金道人词最多。"

谭复堂《箧中词选》谓："蒋鹿潭《水云楼词》与成容若、项莲生，二百年间分鼎三足①。"然《水云楼词》，小令颇有境界，长调惟存气格。《忆云词》精实有馀，超逸不足，皆不足与容若比。然视皋文、止庵②辈，则偶乎远矣。

① 谭献《箧中词》卷五云："文字无大小，必有正变，必有家数，《水云楼词》固清商变徵之声，而流别甚正，家数颇大，与成容若、项莲生二百年中，三分鼎足。咸丰兵事，天挺此才，为倚声家老杜，而晚唐两宋一唱三叹之意，则已微矣。"吴梅《词学通论》驳之曰："余谓复堂以鹿潭得流别之正，此言极是。惟以成、项二君并论，则鄙意殊不谓然。成、项皆以聪明胜人，乌能与《水云》比拟？且复堂既以杜老比《水云》，试问成、项可当青莲、东川欤？此盖偏宕之论也。"按纳兰性德原名纳兰成德，字容若，满洲正黄旗人。有《饮水词》三卷。项鸿祚，字莲生，钱塘人，有《忆云词》四卷。蒋春霖，字鹿潭，江阴人，有《水云楼词》二卷。录纳兰、项、蒋诸词以资参证。

浣溪沙·古北口

纳兰成德

杨柳千条送马蹄，北来征雁旧南飞。客中谁与换春衣。

终古闲情归落照，一春幽梦逐游丝。信回刚道别多时。

阮郎归·吴门寄家书

项鸿祚

阊闾城下漏声残，别愁千万端。蜀笺书字报平安，烛花和泪弹。　　无一语，只加餐，病时须自宽。早梅庭院夜深寒，月中休倚阑。

卜算子

蒋春霖

燕子不曾来，小院阴阴雨。一角阑干聚落花，此是春归处。　　弹泪别东风，把酒浇飞絮。化了浮萍也是愁，莫向天涯去。

木兰花慢·江行晚过北固山

蒋春霖

泊秦淮雨霁，又灯火、送归船。正树拥云昏，星垂野阔，暝色浮天。芦边夜潮骤起，晕波心、月影荡江圆。梦醒谁歌《楚些》，泠泠霜激哀弦。　　婵娟，不语对愁眠，往事恨难捐。看莽莽南徐，苍苍北固，如此山川。钩连，更无铁锁，任排空、樯橹自回旋。寂寞鱼龙睡稳，伤心付与秋烟。

② 张惠言，字皋文，有《茗柯词》。弟琦，字翰风，有《立山词》。周济，字保绪，一字介存，号未斋，晚号止庵，有《止庵词》。谭献云："宛邻（张琦）止庵（周济）一流，学人之词。"

词家时代之说，盛于国初。竹垞谓："词至北宋而大，至南宋而深。^①"后此词人，群奉其说。然其中亦非无具眼者。周保绪曰："南宋下不犯北宋拙率之病，高不到北宋浑涵之诣。^②"又曰："北宋词多就景叙情，故珠圆玉润，四照玲珑。至稼轩、白石，一变而为即事叙景，使深者反浅，曲者反直。^③"潘四农（德舆）曰："词滥觞于唐，畅于五代，而意格之闳深曲挚，则莫盛于北宋。词之有北宋，犹诗之有盛唐。至南宋则稍衰矣。^④"刘融斋（熙载）曰："北宋词用密亦疏，用隐亦亮，用沉亦快，用细亦阔，用精亦浑。南宋只是掉转过来。^⑤"可知此事自有公论，虽止庵词颇浅薄，潘、刘尤甚。然甚推尊北宋，则与明季云间诸公同一卓识也。^⑥

① 说见朱彝尊所著《词综》。

② 周济《介存斋论词杂著》云："初学词求空，空则灵气往来。既成格调求实，实则精力弥满。初学词求有寄托，有寄托则表里相宜，斐然成章。既成格调，求无寄托，无寄托则指事类情，仁者见仁，智者见智。北宋词下者在南宋下，以其不能空，且不知寄托也。南宋则下不犯北宋拙率之病，高不到北宋浑涵之诣。"

③ 同上。

④ 潘德舆，字彦辅，一字四农。清道光举人。著有《养一

斋诗文集》。《箧中词》卷三录潘词，后附评语云："四农大令《与叶生书》，略曰：'张氏《词选》，抗志希古，标高揭己，宏音雅调，多被排摈。五代北宋有自昔传诵非徒只句之警者，张氏亦多恝然置之。窃谓词滥觞于唐，畅于五代，而意格之闳深曲挚，则莫盛于北宋。词之有北宋，犹诗之有盛唐。至南宋则稍衰矣。'云云。张氏之后，首发难端，亦可谓言之有故。然不求立言宗旨，而以迹论，则亦何异明中叶诗人之侈口盛唐邪？宜《养一斋》词平钝浅狭，不足登大雅之堂也。然其针砭张氏，亦是诤友。"

⑤ 见刘氏所著《艺概·词曲概》。

⑥ 王士禛《花草蒙拾》云："云间数公，论诗持格律，崇神韵，然拘于方幅，泥于时代，不免为识者所少。其于词亦不欲涉南宋一笔，佳处在此，短处亦在此。"

唐五代北宋之词，可谓"生香真色"①。若云间诸公，则彩花耳②。湘真③且然，况其次也者乎。

① 王士禛《花草蒙拾》云："生香真色人难学，为'丹青女易描，真色人难学'所从出。千古诗文之诀，尽此七字。"

② 云间诸公指陈子龙等。《花草蒙拾》云："近日云间作

者论词，有云，五季有唐风，入宋便开元曲，故专意小令，冀复古音，屏去宋调，庶防流失。仆谓此论虽高，殊属孟浪。"又云，"云间数公于词亦不欲涉南宋一笔，佳处在此，短处亦在此"。

③ 明末陈子龙，字卧子，有《湘真阁词》。《花草蒙拾》云："《湘真词》首尾温丽，然不善学者，镂金雕琼，正如土木被文绣耳。"

《衍波词》①之佳者，颇似贺方回②。虽不及容若③，要在浙中诸子④之上。近人词，如复堂词之深婉⑤，彊村词之隐秀⑥，皆在半塘老人⑦上。彊村学梦窗⑧，而情味较梦窗反胜。盖有临川、庐陵之高华，而济以白石之疏越者⑨。学人之词，斯为极则。然古人自然神妙处，尚未见及。

① 邹祗谟《远志斋词衷》："金粟云：'阮亭《衍波》一集，体备唐宋，珍逾琳琅，美非一族，目不给赏。如春去秋来二阕，以及射生归晚，雪暗盘雕，屈子《离骚》，史公《货殖》等语，非稼轩之托兴乎。《扬子江上》之风高雁断，《蜀冈眺望》之乱柳栖鸦，非坡公之吊古乎。《咏镜》之一泓春水碧如烟，《赠雁》之水碧沙明，参横月落，远向潇湘去，

非梅溪、白石之赋物乎。楚簟凉生，孤睡何曾着，借锦水桃花笺色，合鲛泪和入隃糜，小字重封，非清真、淮海之言情乎。约而言之：其工致而绮靡者，《花间》之致语也。其婉娈而流动者，《草堂》之丽字也。洵乎排黄轶秦，凌周驾柳，尽态穷姿，色飞魂断矣。'"《远志斋词衷》又引唐祖命《序衍词》云："极哀艳之深情，穷倩盼之逸趣，其旖旎而秾丽者，则璟、煜、清照之遗也。其芊绵而俊赏者，则淮海、屯田之匹也。"

② 贺铸《青玉案》云："凌波不过横塘路，但目送、芳尘去。锦瑟年华谁与度？月桥花院，琐窗朱户，只有春知处。　飞云冉冉蘅皋暮，彩笔新题断肠句。试问闲情都几许？一川烟草，满城风絮，梅子黄时雨。"王士禛《点绛唇·春词》云："水满春塘，柳绵又蘸黄金缕。燕儿来去，阵阵梨花雨。　情似黄丝，历乱难成绪。凝眸处，白蘋红树，不见西洲路！"二词皆融景入情，丰神独绝。

③ 《白雨斋词话》卷六云："容若《饮水词》，才力不足，合者得五代人凄婉之意。余最爱其《临江仙·寒柳》云：'疏疏一树五更寒，爱他明月好，憔悴也相关！'言中有物，几令人感激涕零。容若词亦以此篇为压卷。"

④ 《莲子居词话》卷三云："吾浙词派三家：羡门（彭

孙遹）有才子气，于北宋中最近小山、少游、耆卿诸公，格韵独绝。竹垞（**朱彝尊**）有名士气，渊雅深稳，字句密致。自明季左道言词，先生标举准绳，起衰振聋，厥功良伟。樊榭（**厉鹗**）有幽人气，惟冷故峭，由生得新，当其沉思独往，逸兴遄飞，自成情理之高，无预搜讨之末。"

⑤ 谭献自书《复堂词》首云："周美成云：'流潦妨车毂。'又云：'衣润费炉烟。'辛幼安云：'不知筋力衰多少，只觉新来懒上楼！'填词者试于此消息之。"则其词薪向可知。王氏下文并举其《蝶恋花》中句，为寄兴深微之例。

⑥ 朱祖谋原名孝臧，自号上彊村民。刘子庚先生《词史》特举其《天门谣》。词曰："交径新阴小，试吟袖剩寒犹峭，人意好，为当楼残照。　奈芳事轻随春去早，满路香尘酥雨少，随处到，恨罗袜不如芳草。"又王氏下文举其《浣溪沙》二阕，《注》全录其词，可参。

⑦ 王鹏运，字幼霞，一字佑遐，中年自号半塘老人。其肆力于词，在朱彊村先，而境诣转逊。惟朱彊村为《半塘定稿》作序，则盛称之云："君词导源碧山，复历稼轩、梦窗，以还清真之浑化；与周止庵氏，契若针芥。"

⑧ 按王半塘尝与朱彊村约校《梦窗四稿》，其薪向可知。

⑨ 按高华谓其响高，疏越谓其余韵。兼济之者，则有激朗

之音，复饶倡叹之情也。检王安石《临川先生文集》卷三十七《歌曲》，《桂枝香》云："登临送目，正故国晚秋，天气初肃。千里澄江似练，翠峰如簇。归帆去棹残阳里，背西风，酒旗斜矗。彩舟云淡，星河鹭起，画图难足。　念往昔，繁华竞逐，叹门外楼头，悲恨相续。千古凭高对此，谩嗟荣辱。六朝旧事随流水，但寒烟衰草凝绿。至今商女，时时犹唱后庭遗曲。"此词彊村选入《宋词三百首》中。欧阳修词如《踏莎行》《蝶恋花》等阕，均载入上卷《注》中。彊村《宋词三百首》，于此诸阕，亦并入录。姜夔词如《点绛唇》《踏莎行》《念奴娇》《暗香》《疏影》《翠楼吟》等阕，彊村既并选取，上卷《注》中，亦均载之。

宋尚木《蝶恋花》："新样罗衣浑弃却，犹寻旧日春衫著。[1]"谭复堂《蝶恋花》："连理枝头侬与汝，千花百草从渠许。[2]"可谓寄兴深微。

[1]　按明末宋徵璧原名存楠，字尚木，松江华亭人。又有宋徵舆，亦松江华亭人，字直方，一字辕文，顺治进士，官至副都御史，为诸生时，与陈子龙、李雯倡几社。谭献《箧中词》今集卷一，兼收二宋之词。惟此阕《蝶恋花》词，乃徵

舆之作，王氏误作徵璧，应订正。全词云："宝枕轻风秋梦薄。红敛双娥，颠倒垂金雀。新样罗衣浑弃却，犹寻旧日春衫著。　　偏是断肠花不落。人苦伤心，镜里颜非昨。曾误当初青女约，只今霜夜思量着。"谭献评云："悱恻忠厚。"

② 按谭献《箧中词》附刻己作《复堂词·蝶恋花》第四首全词云："帐里迷离香似雾。不烬炉灰，酒醒闻馀语。连理枝头侬与汝，千花百草从渠许。　　莲子青青心独苦。一唱将离，日日风兼雨。豆蔻香残杨柳暮，当时人面无寻处。"

《半塘丁稿》中，和冯正中《鹊踏枝》十阕，乃《鹜翁词》之最精者。"望远愁多休纵目"等阕，郁伊惝怳，令人不能为怀。定稿只存六阕①，殊未为允也。

① 王鹏运《鹊踏枝·序》云："冯中正《鹊踏枝》十四阕，郁伊惝怳，义兼比兴，蒙者诵焉。春日端居，依次属和。忆云生（项鸿祚）云：'不为无益之事，何以遣有涯之生？'三复前言，我怀如揭矣。"定稿所存六阕词如下：

落蕊残阳红片片。懊恨比邻，尽日流莺转。似雪杨花吹又散，东风无力将春限。　　慵把香罗裁便面。换到轻衫，欢意垂垂浅。襟上泪痕犹隐见，笛声催按《梁州遍》。

斜日危阑凝伫久。问讯花枝，可是年时旧？浓睡朝朝如中酒，谁怜梦里人消瘦。　　香阁帘栊烟阁柳。片云氤氲，不信寻常有。休遣歌筵回舞袖，好怀珍重春三后。

风荡春云罗样薄。难得轻阴，芳事休闲却。几日啼鹃花又落，绿笺莫忘深深约。　　老去吟情浑寂寞。细雨檐花，空忆灯前酌。隔院玉箫声乍作。眼前何物供哀乐。

漫说目成心便许。无据杨花，风里频来去。怅望朱楼难寄语，伤春谁念司勋误。　　枉把游丝牵弱缕。几片闲云，迷却相思路。锦帐珠帘歌舞处，旧欢新恨思量否？

谁遣春韶随水去？醉倒芳尊，忘却朝和暮。换尽大堤芳草路，倡条都是相思树。　　蜡烛有心灯解语。泪尽唇焦，此恨消沉否？坐对东风怜弱絮，萍飘后日知何处！

几见花飞能上树？难系流光，枉费垂杨缕。筝雁斜飞排锦柱，只伊不解将春去。　　漫诩心情黏地絮，容易飘飏，那不惊风雨？倚遍阑干谁与语？思量有恨无人处。

固哉，皋文之为词也！飞卿《菩萨蛮》、永叔《蝶恋花》、子瞻《卜算子》，皆兴到之作，有何命意？皆被皋文深文罗织[①]。阮亭《花草蒙拾》谓："坡公命宫磨蝎，生前为王珪、舒亶辈所苦，身后又硬受此差排[②]。"由今观之，受差排者，独一坡公已耶？

① 张皋文《词选》卷一，载飞卿《菩萨蛮》十四首，其第一首云："小山重叠金明灭，鬓云欲度香腮雪。懒起画蛾眉，弄妆梳洗迟。　照花前后镜，花面交相映。新帖绣罗襦，双双金鹧鸪。"皋文云："此感士不遇也。篇法仿佛《长门赋》。……'照花'四句，《离骚》初服之意。"（**按《离骚》云："进不入以离尤兮，退将复修吾初服。"**）欧阳永叔《蝶恋花》词，见卷上。皋文云："'庭院深深'，闺中既以邃远也。'楼高不见'，哲王又不寤也（**按以上以永叔词与《离骚》各句相比附**）。'章台游冶'，小人之径。'雨横风狂'，政令暴急也。'乱红飞去'，斥逐者非一人而已，殆为韩（琦）、范（仲淹）作乎？"苏子瞻《卜算子》云："缺月挂疏桐，漏断人初静。谁见幽人独往来？缥缈孤鸿影。　惊起却回头，有恨无人省。拣尽寒枝不肯栖，寂寞沙洲冷。"皋文云："此东坡在黄州作。鲖阳居士云：'缺月，刺明微也。漏断，暗时也。幽人，不得志也。独往来，无助也。惊鸿，贤人不安也。回头，爱君不忘也。无人省，君不察也。拣尽寒枝不肯栖，不偷安于高位也。寂寞沙洲冷，非所安也。此词与《考槃》诗极相似。'"以上皆皋文踵《小序》解《诗》王叔

师注《楚辞》之谊而以说词者，附会穿凿，莫此为甚。

② 王士祯《花草蒙拾》斥① 条所载铜阳居士之说，谓："村夫子强作解事，令人欲呕！仆尝戏谓：坡公命宫磨蝎，湖州诗案，生前为王珪、舒亶辈所苦，身后又硬受此差排耶？"

贺黄公①谓："姜论史词，不称其'软语商量'，而赏其'柳昏花暝'②，固知不免项羽学兵法之恨。"然'柳昏花暝'，自是欧秦辈句法，前后有画工化工之殊。吾从白石，不能附和黄公矣。

① 贺黄公裳，有《皱水轩词筌》载此说。

② 史达祖（字邦卿，号梅溪）《双双燕·咏燕》云："过春社了，度帘幕中间，去年尘冷。差池欲往，试入旧巢相并。还相雕梁藻井，又软语商量不定。飘然快拂花梢，翠尾分开红影。　芳径，芹泥雨润。爱贴地争飞，竞夸轻俊。红楼归晚，看足柳昏花暝，应自栖香正稳，便忘了天涯芳信。愁损翠黛双蛾，日日画阑独凭。"

"池塘春草谢家春①，万古千秋五字新。传语闭门陈正字②，可怜无补费精神。"此遗山论诗绝句也③。梦窗、玉田辈，当不乐闻此语。

① 谢灵运《登池上楼》诗，有"池塘生春草"之句。

② 陈正字即陈师道。当时有"闭门觅句陈无已"之诮。

③ 元好问遗山《论诗》三十余首，此其一也。

朱子《清邃阁论诗》谓："古人诗中有句，今人诗更无句，只是一直说将去。这般诗一日作百首也得。"余谓北宋之词有句，南宋以后便无句。如玉田、草窗之词，所谓"一日作百首也得"者也。

朱子谓梅圣俞诗："不是平淡，乃是枯槁。"余谓草窗、玉田之词亦然。

"自怜诗酒瘦，难应接、许多春色。①""能几番游？看花又是明年。②"此等语亦算警句耶？乃值如许笔力！

① 史达祖《喜迁莺·元夕》云："月波疑滴，望玉壶天近，了无尘隔。翠眼圈花，冰丝织练，黄道宝光相直。自怜诗酒瘦，难应接，许多春色。最无赖，是随香趁烛，曾伴狂客。　　踪迹。漫记忆。老了杜郎，忍听东风笛。柳院灯疏，梅厅雪在，谁与细倾春碧。旧情拘未定，犹自学、当年游历。

怕万一，误玉人、夜寒帘隙。"

② 友人夏瞿禅云："见张炎《高阳台·西湖春感》词。"词云："接叶巢莺，平波卷絮，断桥斜日归船。能几番游？看花又是明年。东风且伴蔷薇住，到蔷薇、春已堪怜。更凄然。万绿西泠，一抹荒烟。　　当年，燕子知何处？但苔深韦曲，草暗斜川。见说新愁，如今也到鸥边。无心再续笙歌梦，掩重门、浅醉闲眠。莫开帘，怕见飞花，怕听啼鹃。"

文文山词①，风骨甚高，亦有境界。远在圣与、叔夏、公谨②诸公之上。亦如明初诚意伯词③，非季迪、孟载④诸人所敢望也。

① 《艺概》云："文文山词，有风雨如晦鸡鸣不已之意，不知者以为变声，其实乃变之正也。故词当合其人之境地观之。"

② 王沂孙，字圣与。张玉田，字叔夏。周密，字公谨。

③ 《莲子居词话》卷三，载《摸鱼儿·金陵秋夜》云："正凄凉、月明孤馆，那堪征雁嘹唳。不知衰鬓能多少，还共柳丝同脆。朱户闭，有瑟瑟萧萧，落叶鸣莎砌。断魂不系，又何必殷勤，啼蛩络纬，相伴夜迢递。　　樵渔事，天也和人较

计，虚名枉误身世？流年滚滚长江逝，回首碧云无际。空引睇？但满眼、芙蓉黄菊伤心丽。风吹露洗，寂寞旧南朝，凭阑怀古，零泪在衣袂。"

④ 高启，字季迪。杨基，字孟载。

和凝《长命女》词："天欲晓，宫漏穿花声缭绕，窗里星光少。　冷霞寒侵帐额，残月光沉树杪。梦里锦闱空悄悄。强起愁眉小。[1]"此词前半，不减夏英公《喜迁莺》也[2]。

[1] 检王国维辑本晋和凝《红叶稿》，载此词，题作"薄命女"，"长"字误。

[2] 夏竦《喜迁莺》词已见卷上。

宋《李希声诗话》曰："唐人作诗，正以风调高古为主。虽意远语疏，皆为佳作。后人有切近的当，气格不凡下者，终使人可憎。"余谓北宋词亦不妨疏远。若梅溪以降，正所谓"切近的当，气格凡下"者也[1]。

[1] 按王氏以为北宋词运语疏远，而意境高超。南宋以降，构词虽精，而未脱凡俗。此论当有所见。至贬薄梅溪，则亦随

评论家主观之见，难以强同。陈廷焯《白雨斋词话》卷二，尝举梅溪词云："如'碧袖一声歌，石城怨，西风随去。沧波荡晚，菰蒲弄秋，还重到，断魂处。'沉郁之至。'又三年梦冷，孤吟意短，屡烟钟津鼓。屐齿厌登临，移镫后，几番凉雨。'亦居然美成复生。"又《临江仙》结句云："'枉教装得旧时多。向来箫鼓地，曾见柳婆娑。'慷慨生哀，极悲极郁。"盖求梅溪之佳制，而推崇颇至。惟张镃以为梅溪过柳耆卿而并周邦彦贺铸，则廷焯亦认为太过，故评骘南宋词人次第云："以白石、碧山为冠，梅溪次之，梦窗、玉田又次之，西麓又次之，草窗又次之，竹屋又次之，竹山虽不论可也。"

自竹垞痛贬《草堂诗馀》，而推《绝妙好词》[①]，后人群附和之。不知《草堂》虽有亵诨之作[②]，然佳词恒得十之六七[③]。《绝妙好词》则除张、范、辛、刘[④]诸家外，十之八九皆极无聊赖之词。古人云："小好小惭，大好大惭。[⑤]"洵非虚语。

[①] 朱彝尊《曝书亭文集》云："词人之作，自《草堂诗馀》盛行。屏去《激楚》《阳阿》，而《巴人》之唱齐进矣。周公谨《绝妙好词》选本，虽未尽醇，然中多俊语，方诸《草

堂》所录，雅俗殊分。"《白雨斋词话》卷八云："《花间》《草堂》《尊前》诸选，背谬不可言矣，所宝在此，词欲不衰，得乎。"《四库提要》云："周密所编南宋歌词，始于张孝祥，终于仇远，凡一百三十二家，去取谨严，犹在曾慥《乐府雅词》、黄昇《花庵词选》之上。又宋人词集，今多不传，并作者姓名，亦不尽见于世，零玑碎玉，皆赖此以存。于词选中最为善本。"按朱氏、纪氏均不及《绝妙好词》著书之背景，宋翔凤《乐府余论》云："南宋词人系情旧京，凡言归路、言家山、言故国，皆恨中原隔绝。此周公谨氏《绝妙好词》所由选也。公谨生宋之末造，见韩侂胄函首，知恢复非易言，故所选以张于湖为首。以于湖不附和议，而早知恢复之难，不似辛稼轩辈率意轻言，后复自悔也。"由是言之：《绝妙好词》所选，实函有真挚之民族意识。非同《草堂》一集，徒为征歌而设也。

② 《四库提要》云："《草堂诗馀》，乃南宋坊贾所编。"（见《竹斋诗馀提要》）宋翔凤《乐府余论》云："《草堂》一集，盖以征歌而设。故别题春景、夏景等名，使随时即景，歌以娱客。题吉席庆寿，更是此意。其中词语，间与集本不同。其不同者恒半俗，亦以便歌。以文人观之，适当一笑；而当时歌伎，则必须此也。"

③《四库提要》云："朱彝尊作《词综》，称《草堂》选词，可谓无目。其诋之甚至。今观所录，虽未免杂而不纯，不及《花间》诸集之精善，然利钝互陈，瑕瑜不掩，名章俊句，亦错出其间，一概诋排，亦未为公论。"

④ 张孝祥、范成大、辛弃疾、刘过。

⑤ 韩愈《与冯宿论文书》："时时应事作俗下文字，下笔令人惭。及示人则以为好。小惭者亦蒙谓之小好，大惭者即必以为大好矣。"

梅溪、梦窗、玉田①、草窗②、西麓③诸家，词虽不同，然同失之肤浅。虽时代使然，亦其才分有限也。近人弃周鼎而宝康瓠，实难索解。

① 周济《宋四家词选目录序论》云："玉田才本不高，专恃磨砻雕琢。装头作脚，处处妥当。后人翕然宗之。"

② 同上云："草窗镂冰刻楮，精妙绝伦。但立意不高，取韵不远。当与玉田抗行，未可方驾王吴也。"

③《白雨斋词话》卷二云："陈西麓词，在中仙、梦窗之间，沉郁不及碧山，而时有清超处。超逸不及梦窗，而婉雅犹过之。"

余友沈昕伯（纮）自巴黎寄余《蝶恋花》一阕云："帘外东风随燕到。春色东来，循我来时道。一霎围场生绿草，归迟却怨春来早。　　锦绣一城春水绕。庭院笙歌，行乐多年少。著意来开孤客抱，不知名字闲花鸟。"此词当在晏氏父子间[1]，南宋人不能道也。

[1] 周济《宋四家词选目录序论》云："晏氏父子，仍步温韦，小晏精力尤胜。"

"君王枉把平陈业，换得雷塘数亩田。[1]"政治家之言也[2]；"长陵亦是闲丘陇，异日谁知与仲多？[3]"诗人之言也[4]。政治家之眼，域于一人一事；诗人之眼，则通古今而观之。词人观物，须用诗人之眼，不可用政治家之眼。故感事、怀古等作，当与寿词同为词家所禁也。

[1] 检罗隐《炀帝陵》诗，原作"君王忍把平陈业，只换（一作博）雷塘数亩田。"王氏所引，误记一二字，应勘正。魏徵《隋书·炀帝纪》云："化及葬炀帝吴公台下，大唐平江南之后，改葬雷塘。"

② 诗盖悼炀帝平陈大业，不能久保，仅留区区葬身之所。此意自专吊炀帝一人之得失，不得移之于古今任何人也。

③ 唐彦谦仲山诗，有长陵二句。《汉书·高帝纪》云："上奉玉卮为太上皇寿，曰：'始大人常以臣无赖，不能治产业，不如仲力。今某之业所就，孰与仲多？'"

④ 诗意谓由殁后论之，则汉高亦何殊于其弟，同荒没于丘陇而已。凭吊一人，而古今无数人，无不可同此感慨，此之谓诗人造情之伟大。

宋人小说，多不足信。如《雪舟脞语》①谓：台州知府唐仲友眷官伎严蕊奴，朱晦庵系治之。及晦庵移去，提刑岳霖行部至台，蕊乞自便。岳问曰：去将安归？蕊赋《卜算子》词云："住也如何住"云云。案：此词系仲友戚高宣教作，使蕊歌以侑觞者，见朱子《纠唐仲友奏牍》②。则《齐东野语》所纪朱唐公案③，恐亦未可信也。

① 《说郛》卷五十七，宋末邵桂子《雪舟脞语》云："唐悦斋仲友，字与正，知台州。朱晦庵为浙东提举。数不相得，至于互申。寿皇问宰执二人曲直。对曰：秀才争闲气耳。悦斋眷官妓严蕊奴，晦庵捕送图圄。提刑岳商卿霖行部疏决，蕊奴

乞自便。宪使问去将安归？蕊奴赋《卜算子》，末云：'住也如何住，去也终须去。若得山花插满头，莫问奴归处。'宪笑而释之。"

② 涂刻《朱子大全》卷十八，《按唐仲友第三状》云："仲友自到任以来，宠爱弟妓。严蕊稍以色称，仲友与之媟狎，虽在公庭，全无顾忌，公然与之落籍，令表弟高宣教以公库轿乘钱物津发归婺州。"又卷十九《按唐仲友第四状》云："五月十六日筵会，仲友亲戚高宣教撰曲一首，名《卜算子》。后一段云：'去又如何去，住又如何住。但得山花插满头，休问奴归处。'"

③ 周密《齐东野语》卷十七《朱唐交奏本末》条云："朱晦庵按唐仲友事，或云吕伯恭尝与仲友同书，会有隙，朱主吕，故抑唐，是不然也。盖唐平时恃才轻晦庵，而陈同父颇为朱所进，与唐每不相下。同父游台，尝狎籍妓，嘱唐为脱籍，许之。偶郡集，唐语妓云：'汝果欲从陈官人邪'？妓谢。唐云：'汝须能忍饥受冻乃可。'妓闻大恚。自是陈至妓家，无复前之奉承矣。陈知为唐所卖，亟往见朱，朱问：'近日小唐云何？'答曰：'唐谓公尚不识字，如何作监司？'朱衔之，遂以部内有冤狱，乞再巡按。既至台，适唐出迎少稽，朱益以陈言为信。立索郡印，付以次官。乃撼唐罪具奏，而唐亦作

奏驰上。时唐乡相王淮当轴。既进呈，上问王，王奏：'此秀才争闲气耳。'遂两平其事。详见周平园、王季海日记。而朱门诸贤所著《年谱道统录》，乃以季海右唐而并斥之，非公论也。其说闻之陈伯玉式卿，盖亲得之婺之诸吕云。"

《沧浪》《凤兮》二歌，已开《楚辞》体格①。然《楚辞》之最工者，推屈原、宋玉，而后此之王褒、刘向之词不与焉②。五古之最工者，实推阮嗣宗、左太冲、郭景纯、陶渊明，而前此曹、刘，后此陈子昂、李太白不与焉③。词之最工者，实推后主、正中、永叔、少游、美成，而后此南宋诸公不与焉。

① 《孟子》载《孺子歌》曰："沧浪之水清兮，可以濯我缨。沧浪之水浊兮，可以濯我足。"《论语》载楚狂接舆之歌曰："凤兮凤兮，何德之衰？"二歌皆有兮字，用南方稽留语也。

② 王逸本《楚辞》，收王褒《九怀》，刘向《九叹》，大抵皆摹拟原、玉《九章》《九辨》之作。

③ 王氏之意，盖以曹植、刘桢之五古，尚系初创之制；阮、陶、左、郭，各放奇彩，为五古诗之最烂盛者；陈、李之

于五古，亦犹向、褒之于《楚辞》，皆不足与原制争先。

唐五代之词，有句而无篇。南宋名家之词，有篇而无句。有篇有句，唯李后主降宋后之作①，及永叔、子瞻、少游、美成、稼轩数人而已②。

① 如《虞美人》《望江南》《浪淘沙令》等首皆是。
② 《词源》卷下句法条，举东坡《杨花词》云："似花还似非花，也无人惜从教坠。"又云："春色三分，二分尘土，一分流水。"又举美成《风流子》云："凤阁绣帏深几许，听得理丝簧。"以为皆平易中有句法。惟不及欧、秦、稼轩。

读《会真记》者，恶张生之薄幸，而恕其奸非。读《水浒传》者，恕宋江之横暴，而责其深险。此人人之所同也。故艳词可作，唯万不可作佻薄语。龚定庵诗云："偶赋凌云偶倦飞，偶然闲慕遂初衣。偶逢锦瑟佳人问，便说寻春为汝归。"其人之凉薄无行，跃然纸墨间。余辈读耆卿、伯可词，亦有此感①。视永叔、希文小词何如耶？

词人之忠实②，不独对人事宜然，即对一草一木，亦须有忠实之意。否则所谓游词③也。

①《词源》卷下云："词欲雅而正，志之所之，一为情所役，则失其雅正之音。耆卿、伯可（康与之）不必论，虽美成亦有所不免。"

②《白雨斋词话》卷八云："无论诗古文词，推到极处，总以一诚为主。杜诗韩文，所以大过人者在此。求之于词，其惟碧山乎。明乎此则无聊之酬应，与无病之呻吟，皆可不作矣。"

③金应珪《词选后序》云："规模物类，依托歌舞，哀乐不衷其性，虑叹无与乎情。连章累篇，义不出乎花鸟；感物指事，理不外乎酬应。虽既雅而不艳，斯有句而无章。是谓游词。"

读《花间》《尊前集》，令人回想徐陵《玉台新咏》①。读《草堂诗馀》，令人回想韦縠《才调集》②。读朱竹垞《词综》，张皋文、董子远《词选》，令人回想沈德潜《三朝诗别裁集》③。

①《花间集》十卷，后蜀赵崇祚编。《尊前集》二卷（朱祖谋校辑本《尊前集》不分卷），不著编辑者名氏。纪昀谓：

就词论词，《尊前》不失为《花间》之骖乘。盖二书实相类也。王士禛《花草蒙拾》云："《花间》字法最著意设色，异纹细艳，非后人纂组所及。如'泪沾红袖黦''犹结同心苣''豆蔻花间趖晚日''画梁尘黦''洞庭波浪飐晴天'，山谷所谓古蕃锦者，其殆是耶。"又云："或问《花间》之妙？曰：'蹙金结绣而无痕迹。'"按《花间》首登温庭筠，以为鼻祖。《尊前》则取唐明皇《好时光》，以冠其编。二书所录，并多绮罗脂粉之词，亦犹徐陵《玉台新咏》之于诗也。《四库提要》引刘肃《大唐新语》云："梁简文为太子，好作艳诗，境内化之，晚年欲改作，追之不及，乃令徐陵为《玉台集》，以大其体。"此即后人所谓"玉台体"，以目淫艳之词者也。

②　《类编草堂诗馀》四卷，旧传南宋人编。其书取流俗易解，实为歌伎而设，已见前引宋翔凤之论矣。王士禛《花草蒙拾》云："或问《草堂》之妙，曰：'采采流水，蓬蓬远春。'"是则阮亭以纤秾目《草堂》一书也。蜀韦縠编《才调集》十卷，纪昀谓其所选取法晚唐，以秾丽宏敞为宗。合阮亭、晓岚二家之说观之，则词有《草堂》，亦同诗有《才调》矣。

③　朱彝尊编《词综》三十四卷，汪森为之增定。彝尊谓

论词必出于雅正，故推重宋曾慥之《乐府雅词》，以《雅词》尽去谐谑及当时艳曲，具有风旨，非靡靡之音可比，为足尚也。张皋文《词选》及其外孙董毅子远《续词选》均以《风》《骚》之义，裁量诗馀。即《词选》后郑善长所附录诸家词，陈廷焯亦称其大旨皆不悖于《风》《骚》（《白雨斋词话》卷六），是均存雅正之旨者。沈德潜崇奉温柔敦厚之诗教，别裁伪体，故有唐明清《三朝诗别裁集》之选，与朱、张选词，如出一辙。

明季国初诸老之论词，大似袁简斋之论诗，其失也纤小而轻薄①。竹垞以降之论词者，大似沈归愚，其失也枯槁而庸陋②。

① 如邹祗谟《远志斋词衷》取柴绍炳"华亭肠断，宋玉魂消"之语，以为论词神到，贺裳《皱水轩词筌》称誉廖莹中《个侬词》，皆略近袁枚《随园诗话》所论。

② 按继朱彝尊竹垞《词综》而起者，如御选《历代诗馀》、张惠言《词选》等，均本尚雅黜浮之旨，以张声教。与沈德潜归愚之各朝诗《别裁集》旨意相近。

东坡之旷在神^①，白石之旷在貌^②。白石如王衍，口不言阿堵物，而暗中为营三窟之计，此其所以可鄙也。

① 俞彦《爰园词话》云："子瞻词，无一语着人间烟火，此自大罗天上一种，不必与少游、易安辈较量体裁也。"
② 周济《介存斋论词杂著》云："白石放旷，故情浅。"

蕙风词小令似叔原^①，长调亦在清真、梅溪间，而沉痛过之^②。彊村虽富丽精工，犹逊其真挚也。天以百凶成就一词人，果何为哉^③！

① 晏几道叔原有《小山词》，其词曲折深婉，浅处皆深。举其《临江仙》云："梦后楼台高锁，酒醒帘幕低垂。去年春恨却来时。落花人独立，微雨燕双飞。　记得小苹初见，两重心字罗衣。琵琶弦上说相思。当时明月在，曾照彩云归。"况周颐（晚号蕙风词隐）亦有《临江仙》词云："杨柳楼台花世界，嘶骢只在铜街。金荃兰畹惜荒莱。无多双鬓绿，禁得几徘徊？　暖不成晴寒又雨，昏昏过却黄梅。愁边万一损风怀。雁筝犹有字，蜡炬未成灰。"叔原《浣溪沙》云："日

日双眉斗画长。行云飞絮共轻狂。不将心嫁冶游郎。　　溅酒滴残歌扇字，弄花薰得舞衣香。一春弹泪说凄凉。"蕙风亦有《浣溪沙·绿叶成阴，苦忆阊门杨柳》云："翠袖单寒亦自伤，何曾花里并鸳鸯？只拼陌路属萧郎。　　黄绢竟成碑上字，红绵谁见被中装？可曾将恨付斜阳？"似皆略足相拟。

②赵尊岳《蕙风词史》云："先生初为词，以颖悟好为侧艳语，遂把臂南宋竹山、梅溪之林。自佑遐进以重大之说，乃渐就为白石，为美成，以抵于大成。"其长调沉痛过于周邦彦清真、史达祖梅溪者，例如《南浦·春草》云："南浦黯销魂，共春波，误入江郎《愁赋》。金谷悄和烟，王孙去，犹自萋萋无数。愁苗艳种，夕阳消尽成今古。依样东风依样绿，人老翠云深处。　　凭阑无限芳菲，待轻阴薄暝。殷勤乞与，生意重低回。长亭路，争忍玉骢轻去。春心似海，算来谁识红心苦？何况深深深径曲，犹有抱香蘅杜。"谭献评之曰："字字《离骚》屈宋心。"周、史皆各有《南浦》词，均无沉痛语。周词云："浅带一帆风，向晚来，扁舟隐下南浦。迢递阻潇湘，衡皋迥，斜舣蕙兰汀渚，危樯影里，断云点点遥天暮。菡萏里风，偷送清香，时时微度。　　吾家旧有簪缨，甚顿作天涯，经岁羁旅。羌管怎知情，烟波上，黄昏万斛愁绪。无言对月，皓彩千里人何处？恨无凤翼，身只待而今，飞将归去。"

史词云："玉树晓飞香，待倩他，和愁点破妆镜。轻嫩一天春，平白地，都护雨昏烟暝。幽花露湿，定应独把阑干凭！谢屐未蜡，安排共文鸳，重游芳径。　　年来梦雨扬州，怕事随歌残，情趁云冷。娇盼隔东风，无人会，莺燕暗中心性！深盟纵约，尽同晴雨全无定。海棠梦在，相思过西园，秋千红影。"

③ 彊村富丽精工之篇，如《丹凤吟·和半塘四月二十七日雨霁之作依清真韵》云："断送园林如绣，雨湿朱旛，尘飘芳阁。黄昏独立，依旧好春帘幕。分明俊侣，霎时乖阻，镜凤盟寒，衫鸾妆薄。漫托青禽寄语，细认银钩，珠泪溍透笺角。　　此后别肠寸寸，去魂总怯波浪恶。夜暝天寒处，抃铅红都洗，眉翠潜铄。旧情未诉，已是一江潮落。红烛玉钗思已断，悔圆纨重握。影娥梦里，知时念时著。"或曰："此为翁同龢罢相作。"况氏清末以文学显，及入民国，客居海上，至贫无以举炊，卖书遣日，《浣溪沙·无米》云："逃墨翻教突不黔，瓶罍何暇耻齑盐，半生辛苦一时甜。　　传苦枯萤共宁耐，无怜饥鼠误窥觇，顽夫自笑为谁怜。"《秋宵吟·卖书》云："似怨别侯门，玉容深锁，字里珠尘，待幻作山头饭颗。"（节录）盖况氏本胜朝遗老，晚遇侘傺，天挺骚才，逢此百凶，哀已！

蕙风《洞仙歌·秋日游某氏园》^①及《苏武慢·寒夜闻角》^②二阕，境似清真，集中他作，不能过之。

① 况氏《洞仙歌·秋日独游某氏园》云："一罞闲缘借。便意行散缓，消愁聊且。有花迎径曲，鸟呼林罅。秋光取次披图画。恣远眺、登临台与榭。堪潇洒。奈脉断征鸿，幽恨翻萦惹。　　忍把。鬓丝影里，袖泪寒边，露草烟芜，付与杜牧狂吟，误作少年游冶。残蝉肯共伤心话。问几见，斜阳疏柳挂。谁慰藉，到重阳，插菊携萸事真假。酒更赏。更有约东篱下。怕蹉跎霜讯，梦沉人悄西风乍。"

② 《苏武慢·寒夜闻角》云："愁入云遥，寒禁霜重，红烛泪深人倦。情高转抑，思往难回，凄咽不成清变。风际断时，迢递天街，但闻更点。枉教人回首，少年丝竹，玉容歌管。　　凭作出、百绪凄凉，凄凉惟有，花冷月闲庭院。珠帘绣幕，可有人听？听也可曾肠断？除却塞鸿，遮莫城乌，替人惊惯。料南枝明日，应减红香一半。"（《词荔》）

彊村词，余最赏其《浣溪沙》"独鸟冲波去意闲"二阕^①，笔力峭拔，非他词可能过之。

① 《彊村语业》卷一，《浣溪沙》云："独鸟冲波去意闲，环霞如赭水如笺。为谁无尽写江天？　并舫风弦弹月上，当窗山髻挽云还。独经行地未荒寒。"又云："翠阜红厓夹岸迎，阻风滋味暂时生。水窗宫烛泪纵横。　禅悦新耽如有会，酒悲突起总无名。长川孤月向谁明？"

蕙风《听歌》诸作，自以《满路花》为最佳①。至《题香南雅集图》诸词，殊觉泛泛，无一言道着。

① 况氏《满路花》（吕圣求体）序云："彊村有听歌之约，词以坚之。"词云："虫边安枕簟，雁外梦山河。不成双泪落，为闻歌。浮生何益，尽意付消磨。见说寰中秀，曼睩修蛾。旧家风度无过。　凤城丝管，回首惜铜驼。看花馀老眼，重摩挲。香尘人海，唱彻《定风波》。点鬓霜如雨，未比愁多。问天还问嫦娥。"（梅郎兰芳以《嫦娥奔月》一剧，蜚声日下。）

附录一

补遗

（皇甫松）词，黄叔旸称其《摘得新》二首[1]，为有达观之见[2]。余谓不若《忆江南》二阕[3]，情味深长，在乐天、梦得上也。

[1] 皇甫松《摘得新》："酌一卮。须教玉笛吹。锦筵红蜡烛，莫来迟。繁红一夜经风雨，是空枝。"其一。"摘得新。枝枝叶叶春。管弦兼美酒，最关人。平生都得几十度，展香茵。"其二。（据观堂自辑本《檀栾子词》）

[2] 黄昇语见《历代诗馀》卷一百一十三引。

[3] 皇甫松《忆江南》："兰烬落，屏上暗红蕉。闲梦江南梅熟日，夜船吹笛雨潇潇。人语驿边桥。"其一。"楼上寝，残月下帘旌。梦见秣陵惆怅事，桃花柳絮满江城。双髻坐吹笙。"其二。（据《檀栾子词》）

端己词情深语秀，虽规模不及后主、正中，要在飞卿之上。观昔人颜、谢优劣论①可知矣。

① 《南史·颜延之传》："延之尝问鲍照己与谢灵运优劣，照曰：'谢五言诗如初发芙蓉，自然可爱。君诗如铺锦列绣，亦雕缋满眼。'延年终身病之。"又钟嵘《诗品》："汤惠休曰：'谢诗如芙蓉出水，颜诗如错采镂金。'颜终身病之。"

（毛文锡）词比牛、薛诸人殊为不及，叶梦得谓："文锡词以质直为情致，殊不知流于率露。诸人评庸陋词者，必曰：此仿毛文锡之《赞成功》①而不及者。"其言是也。

① 毛文锡《赞成功》："海棠未坼，万点深红。香包缄结一重重。似含羞态，邀勒春风。蜂来蝶去，任绕芳丛。　昨夜微雨，飘洒庭中。忽闻声滴井边桐。美人惊起，坐听晨钟。快教折取，戴玉珑璁。"（据观堂自辑本《毛司徒词》）

（魏承班）词逊于薛昭蕴、牛峤而高于毛文锡，然皆不如王衍。五代词以帝王为最工。岂不以无意于求工欤？

（顾）夐词在牛给事、毛司徒间。《浣溪沙》"春色迷人"一阕①，亦见《阳春录》，与《河传》《诉衷情》数阕②，当为夐最佳之作矣。

① 顾夐《浣溪沙》："春色迷人恨正赊，可堪荡子不还家。细风轻露著梨花。　帘外有情双燕飐，槛前无力绿杨斜。小屏狂梦极天涯。"（据《顾太尉词》）

② 顾夐《河传》："燕飐。晴景。小窗屏暖，鸳鸯交颈。菱花掩却翠鬟欹，慵整。海棠帘外影。　绣帏香断金鸂鶒，无消息，心事空相忆。倚东风，春正浓。愁红，泪痕衣上重。"其一。"曲槛，春晚，碧流纹细，绿杨丝软。露花鲜□杏枝繁，莺啭，野芜平似翦。　直是人间到天上，堪游赏，醉眼疑屏幛。对池塘，惜韶光，断肠，为花须尽狂。"其二。"棹举，舟去。波光渺渺，不知何处。岸花汀草共依依，雨微，鹧鸪相逐飞。　天涯离恨江声咽，啼猿切，此意向谁说。倡兰桡，独无憀，魂销，小炉香欲焦。"其三。又，集中《诉衷情》凡两阕，其一已见前注，其另一如下："香灭帘垂春漏永，整鸳衾。罗带重，双凤缕黄金。　窗外月光临。□沉沉。□断肠无处，寻□□，负春心。"（据《顾太尉词》）

（毛熙震）周密《齐东野语》称其词新警而不为俚薄[1]。余尤爱其《后庭花》[2]，不独意胜，即以调论，亦有隽上清越之致，视文锡蔑如也。

[1] 周密语见《历代诗馀》卷一百一十三引，今传各本均阙。

[2] 毛熙震《后庭花》："莺啼燕语芳菲节，瑞庭花发。昔时欢宴歌声揭，管弦清越。　　自从陵谷追游歇，画梁尘黦。伤心一片如珪月，闲锁宫阙。"其一。"轻盈舞伎含芳艳，竞妆新脸。步摇珠翠修蛾敛，腻鬟云染。　　歌声慢发开檀点，绣衫斜掩。时将纤手匀红脸，笑拈金靥。"其二。"越罗小袖新香茜，薄笼金钏。倚栏无语摇金扇，半遮匀面。　　春残日暖莺娇懒，满庭花片。争不教人长相见，画堂深院。"其三。（据观堂自辑本《毛秘书词》）

（阎选）词唯《临江仙》第二首[1]有轩翥之意，馀尚未足与于作者也。

[1] 阎选《临江仙》："十二高峰天外寒，竹梢轻拂仙坛。宝衣行雨在云端。画帘深殿，香雾冷风残。　　欲问楚王何处

去？翠屏犹掩金鸾。猿啼明月照空滩。孤舟行客，惊梦亦艰难。"（据观堂自辑本《阎处士词》）

昔沈文悫深赏（张）泌"绿杨花扑一溪烟"[1]为晚唐名句[2]。然其词如"露浓香泛小庭花"[3]，较前语似更幽艳也。

[1] 张泌《洞庭阻风》："空江浩荡景萧然，尽日菰蒲泊钓船。青草浪高三月渡，杨柳花扑一溪烟。情多莫举伤春目，愁极兼无买酒钱。犹有渔人数家住，不成村落夕阳边。"（据《全唐诗》卷二十七）

[2] 沈文悫语见《唐诗别裁》卷十六，张蠙《夏日题老将林亭》一诗后评语。

[3] 张泌《浣溪沙》："独立寒阶望月华，露浓香泛小庭花。绣屏愁背一灯斜。　云雨自从分散后，人间无路到仙家。但凭魂梦访天涯。"（据观堂自辑本《张舍人词》）

（孙光宪词）昔黄玉林赏其"一庭花（当作'疏'）雨湿春愁"[1]为古今佳句[2]。余以为不若"片帆烟际闪孤光"[3]尤有境界也。

①　孙光宪《浣溪沙》："揽镜无言泪欲流，凝情半日懒梳头。一庭疏雨湿春愁。　　杨柳只知伤怨别，杏花应信损娇羞。泪沾魂断轸离忧。"（据观堂自辑本《孙中丞词》）

②　黄昇语见《历代诗馀》卷一百一十三引。

③　孙光宪《浣溪沙》："蓼岸风多橘柚香，江边一望楚天长。片帆烟际闪孤光。　　目送征鸿飞杳杳，思随流水去茫茫。兰红波碧忆潇湘。"（据《孙中丞词》）

　　　　　　——以上录自《唐五代二十一家词辑》诸跋

　　先生（周清真）于诗文无所不工，然尚未尽脱古人蹊径。平生著述，自以乐府为第一。词人甲乙，宋人早有定论①。惟张叔夏病其意趣不高远②。然北宋人如欧、苏、秦、黄，高则高矣，至精工博大，殊不逮先生。故以宋词比唐诗，则东坡似太白，欧、秦似摩诘，耆卿似乐天，方回、叔原则大历十子之流。南宋惟一稼轩可比昌黎。而词中老杜则非先生不可。昔人以耆卿比少陵③，犹为未当也。

①　陈振孙《直斋书录解题》集部歌词类《清真词》二卷《续词》一卷下云："周美成邦彦撰，多用唐人诗语，隐栝入律，浑然天成。长调尤善铺叙，富艳精工，词人之甲乙也。"

② 张炎《词源》卷下："美成词只当看他浑成处，于软媚中有气魄。采唐诗融化如自己者，乃其所长。惜乎意趣却不高远。"

③ 张端义《贵耳集》卷上："项平斋训：'学诗当学杜诗，学词当学柳词。'杜诗、柳词，皆无表德，只是实说。"

先生（清真）之词，陈直斋谓其多用唐人诗句隐栝入律，浑然天成。张玉田谓其善于融化诗句。然此不过一端，不如强焕云："模写物态，曲尽其妙。①"为知言也。

① 见汲古阁本《片玉词》强焕《题周美成词》。

山谷云："天下清景，不择贤愚而与之，然吾特疑端为我辈设。①"诚哉是言！抑岂独清景而已，一切境界，无不为诗人设。世无诗人，即无此种境界。夫境界之呈于吾心而见于外物者，皆须臾之物。惟诗人能以此须臾之物，镌诸不朽之文字，使读者自得之。遂觉诗人之言，字字为我心中所欲言，而又非我之所能自言，此大诗人之秘妙也。境界有二：有诗人之境界，有常人之境界。诗人之境界，惟诗人能感之而能写之，故读其诗者亦高举远慕，有遗世之意。而亦有得有不得，且得之者亦各有深浅焉。若夫悲欢离合、羁旅行役之感，常人皆能感之，而惟诗人能写之。故其入于人者至深，而行于世也尤广。先生（清真）之词，属于第二种为多。故宋时别本之多，他无与匹②。又和者三家③，注者二家④（强焕本亦有注，见毛跋）。自士大夫以至妇人女子，莫不知有清真，而种种无稽之言，亦由此以起⑤。然非入人之深，乌能如是耶？

① 此数语见释惠洪《冷斋夜话》卷三。

② 观堂先生《清真先生遗事·著述二》：案先生词集，其古本则见于《景定严州续志》《花庵词选》者曰《清真诗馀》；见于《词源》者曰《圈法美成词》；见于《直斋书录》者曰《清真词》，曰《曹杓注清真词》。又与方千里、杨泽民《和清真词》合刻者曰《三英集》（见毛晋《方千里<和清真词>跋》）；子晋所藏《清真集》，其源亦出宋本。加以溧水本，是宋时已有七本。别本之多，为古今词家所未有。

③ 宋人之和清真全词者有方千里《和清真词》（汲古阁刻《宋六十名家词》本）、杨泽民《和清真词》（江标刻《宋元名家词》本），及陈允平《西麓继周集》（朱祖谋刻《彊村丛书》本）三家。

④ 宋人注《清真词》者有曹杓、陈元龙两家。曹注已逸。陈注即《彊村丛书》本《片玉集》。

⑤ 宋人笔记之记清真轶事者甚多，若张端义《贵耳集》、周密《浩然斋雅谈》、王明清《挥麈馀话》、王灼《碧鸡漫志》等书均有，类多无稽之言。观堂先生于《清真先生遗事·事迹一》中一一辨之，斥为好事者为之也。

楼忠简谓先生（清真）妙解音律①。惟王晦叔《碧鸡漫志》谓："江南某氏者，解音律，时时度曲。周美成与有瓜葛。每得一解，即为制词。故周集中多新声。②"则集中新曲，非尽自度。然"顾曲名堂，不能自已"，固非不知音者。故先生之词，文字之外，须兼味其音律。惟词中所注宫调，不出教坊十八调之外。则其音非大晟乐府之新声，而为隋唐以来之燕乐，固可知也。今其声虽亡，读其词者，犹觉拗怒之中，自饶和婉；曼声促节，繁会相宣；清浊抑扬，辘轳交往。两宋之间，一人而已。

① 楼钥《清真先生文集》序："公性好音律，如古之妙解，顾曲名堂，不能自已。"
② 见《碧鸡漫志》卷第二。

——以上录自《清真先生遗事·尚论》三

（《云谣集杂曲子》）《天仙子》词①特深峭隐秀，堪与飞卿、端己抗行。

① 在《云谣集杂曲子》内有《天仙子》二首，但观堂先生写此文时，犹仅见其一，惟不知为何首耳。兹将两首一并录之："燕语啼时三月半，烟蘸柳条金线乱。五陵原上有仙娥，携歌扇。香烂漫，留住九华云一片。　犀玉满头花满面，负妾一双偷泪眼。泪珠若得似珍珠，拈不散。知何限？串向红丝应百万。"其一。"燕语莺啼惊觉梦，羞见鸾台双舞凤。天仙别后信难通，无人问，花满洞。休把同心千遍弄。　叵耐不知何处去，正是花开谁是主？满楼明月应三更，无人语，泪如雨。便是思君肠断处。"其二。

——以上录自《观堂集林·唐写本＜云谣集杂曲子＞跋》

（王）以凝词句法精壮，如和虞彦恭寄钱逊升（当作'叔'）《蓦山溪》一阕①、重午登霞楼《满庭芳》一阕②、舣舟洪江步下《浣溪沙》一阕③，绝无南宋浮艳虚薄之习。其他作亦多类是也。

① 王周士《蓦山溪·和虞彦恭寄钱逊叔》："平山堂上，侧珑歌南浦。醉望五州山，渺千里、银涛东注。钱郎英远，满腹贮精神。窥素壁，墨栖鸦，历历题诗处。　风裘雪帽，踏遍荆湘路。回首古扬州，沁天外、残霞一缕。德星光次，何日照长沙。《渔父曲》《竹枝词》，万古歌来暮。"（据《彊村丛书》本《王周士词》）

② 王周士《满庭芳·重午登霞楼》："千古黄州，雪堂奇胜，名与赤壁齐高。竹楼千字，笔势压江涛。笑问江头皓月，应曾照、今古英豪。菖蒲酒，瓾尊无恙，聊共访临皋。　陶陶。谁晤对，粲花吐论，宫锦纫袍。借银涛雪浪，一洗尘劳。好在江山如画，人易老、双鬓难莍。升平代，凭高望远，当赋《反离骚》。"（据《王周士词》）

③ 王周士《浣溪沙·舣舟洪江步下》："起看船头蜀锦张，沙汀红叶舞斜阳。杖挐惊起睡鸳鸯。　木落群山雕玉□，霜和冷月浸澄江。疏篷今夜梦潇湘。"（据《王周士词》）

——以上录自《观堂别集·跋〈王周士词〉》

有明一代，乐府道衰。《写情》《扣舷》，尚有宋元遗响。

仁、宣以后，兹事几绝。独文愍（夏言）以魁硕之才，起而振之。豪壮典丽，与于湖、剑南为近。

——以上录自《观堂外集·桂翁词跋》

《人间词甲稿》序

　　王君静安将刊其所为《人间词》，诒书告余曰："知我词者莫如子，叙之亦莫如子宜。"余与君处十年矣，比年以来，君颇以词自娱。余虽不能词，然喜读词。每夜漏始下，一灯荧然，玩古人之作，未尝不与君共。君成一阕，易一字，未尝不以讯余。既而暌离，苟有所作，未尝不邮以示余也。然则余于君之词，又乌可以无言乎？

　　夫自南宋以后，斯道之不振久矣！元、明及国初诸老，非无警句也，然不免乎局促者，气困于雕琢也。嘉道以后之词，非不谐美也，然无救于浅薄者，意竭于摹拟也。君之于词，于五代喜李后主、冯正中，于北宋喜永叔、子瞻、少游、美成，于南宋除稼轩、白石外，所嗜盖鲜矣。尤痛诋梦窗、玉田，谓梦窗砌字，玉田垒句。一雕琢，一敷衍，其病不同，而同归于浅薄。六百年来词之不振，实自此始。

　　其持论如此，及读君自所为词，则诚往复幽咽，动摇人心。快而沉，直而能曲。不屑屑于言词之末，而名句间出，殆往往度越前人。至其言近而旨远，意决而辞婉，自永叔以后，殆未有工如君者也。君始为词时，亦不自意其至此，而卒至此者，天也，非人之所能为也。若夫观物之微，托兴之深，则又君诗词之特色。求之古代作者，罕有伦比。呜呼！不胜古人不足以与古人并，君其知之矣。世有疑余言者乎，则何不取古人之词与君词比类而观之也？

——光绪丙午三月，山阴樊志厚叙

《人间词乙稿》序

　　去岁夏，王君静安集其所为词，得六十馀阕，名曰《人间词甲稿》，余既叙而行之矣。今冬复汇所作词为《乙稿》，丐余为之叙。余其敢辞。

　　乃称曰：文学之事，其内足以摅己而外足以感人者，意与境二者而已。上焉者意与境浑，其次或以境胜，或以意胜。苟缺其一，不足以言文学。原夫文学之所以有意境者，以其能观也。出于观我者，意馀于境。而出于观物者，境多于意。然非物无以见我，而观我之时，又自有我在。故二者常互相错综，能有所偏重，而不能有所偏废也。文学之工不工，亦视其意境之有无与其深浅而已。自夫人不能观古人之所观，而徒学古人之所作，于是始有伪文学。学者便之，相尚以辞，相习以模拟，遂不复知意境之为何物，岂不悲哉！

　　苟持此以观古今人之词，则其得失可得而言焉。温、韦之精艳，所以不如正中者，意境有深浅也。珠玉所以逊六一，小山所以愧淮海者，意境异也。美成晚出，始以辞采擅长，然终不失为北宋人之词者，有意境也。南宋词人之有意境者，唯一稼轩，然亦若不欲以意境胜。白石之词，气体雅健耳，至于意境，则去北宋人远甚。及梦窗、玉田出，并不求诸气体，而惟文字之是务，于是词之道熄矣。自元迄明，益以不振。至于国朝，而纳兰侍卫以天赋之才，崛起于方兴之族。其所为词，悲凉顽艳，独有得于意境之深，可谓豪杰之士，奋乎百世之下者矣。同时朱、陈，既非劲敌；后世项、蒋，尤难鼎足。至乾嘉以降，审乎体格韵律之间者愈微，而意味之溢于字句之表者愈浅。岂非拘泥文字而不求诸意境之失欤？抑观我观物之事自有天在，固难期诸流俗欤？余与静安，均夙持此论。

静安之为词，真能以意境胜。夫古今人词之以意胜者，莫若欧阳公；以境胜者，莫若秦少游；至意境两浑，则惟太白、后主、正中数人足以当之。静安之词，大抵意深于欧，而境次于秦。至其合作，如《甲稿·浣溪沙》之"天末同云"①、《蝶恋花》之"昨夜梦中"②、《乙稿·蝶恋花》之"百尺朱楼"③等阕，皆意境两忘，物我一体，高蹈乎八荒之表，而抗心乎千秋之间，骎骎乎两汉之疆域，广于三代，贞观之政治，隆于武德矣。方之侍卫，岂徒伯仲。此固君所得于天者独深，抑岂非致力于意境之效也。至君词之体裁，亦与五代、北宋为近。然君词之所以为五代北宋之词者，以其有意境在。若以其体裁故，而至遽指为五代、北宋，此又君之不任受。固当与梦窗、玉田之徒，专事摹拟者，同类而笑之也。

——光绪三十三年十月，山阴樊志厚叙

① 《浣溪沙》："天末同云黯四垂，失行孤雁逆风飞。江湖寥落尔安归？　陌上金丸看落羽，闺中素手试调醯。今宵欢宴胜平时。"

② 《蝶恋花》："昨夜梦中多少恨。细马香车，两两行相近。对面似怜人瘦损，众中不惜搴帷问。　陌上轻雷听渐隐。梦里难从，觉后那堪讯？蜡泪窗前堆一寸，人间只有相思分。"

③ 《蝶恋花》"百尺朱楼临大道。楼外轻雷，不问昏和晓。独倚阑干人窈窕，闲中数尽行人小。　一霎车尘生树杪。陌上楼头，都向尘中老。薄晚西风吹雨到，明朝又是伤流潦。"

——以上录自《观堂外集》

欧公《蝶恋花》："面旋落花"云云①，字字沉响，殊不可及。

① 欧阳修《蝶恋花》："面旋落花风荡漾。柳重烟深，雪絮飞来往。雨后轻寒犹未放，春愁酒病成惆怅。　　枕畔屏山围碧浪。翠被华灯，夜夜空相向。寂寞起来褰绣幌，月明正在梨花上。"（据《欧阳文忠公近体乐府》卷二）

——以上陈乃乾录自观堂旧藏《六一词》眉间批语

《片玉词》："良夜灯光簇如豆"①一首，乃改山谷《忆帝京》词②为之者。似屯田最下之作，非美成所宜有也③。

① 周邦彦《青玉案》："良夜灯光簇如豆。占好事，今宵有。酒罢歌阑人散后。琵琶轻放，语声低颤，灭烛来相就。　　玉体偎人情何厚。轻惜轻怜转唧嚅。雨散云收眉儿皱。只愁彰露，那人知后，把我来僝僽。"（据《清真集·补遗》）

② 黄庭坚《忆帝京·私情》："银烛生花如红豆。占好事，而今有。人醉曲屏深，借宝瑟轻招手。一阵白苹风，故灭烛教相就。　　花带雨冰肌香透。恨啼鸟辘轳声晓，岸柳微凉

吹残酒。断肠时至今依旧。镜中消瘦，那人知后，怕夯你来僝僽。"（据《疆村丛书》本《山谷琴趣外编》卷之二）

③ 杨易霖《周词订律补遗》上，本词后注云："王静安先生云：'此词乃改山谷《忆帝京》词为之者，决非美成作。'案：《绿窗新话》引《古今词话》，淮海《御街行》词与美成此词亦多相合，未知孰是。"似杨氏亦曾悉先生有此语，惟不知所见之处耳。

温飞卿《菩萨蛮》："雨后却斜阳，杏花零落香。①"少游之"雨馀芳草斜阳。杏花零落（当作'乱'）燕泥香。②"虽自此脱胎，而实有出蓝之妙。

① 温庭筠《菩萨蛮》："南园满地堆轻絮，愁闻一霎清明雨。雨后却斜阳，杏花零落香。 无言匀睡脸，枕上屏山掩。时节欲黄昏，无聊独闭门。"（据《金荃词》）

② 秦观《画堂春》（或刻山谷年十六作）："东风吹柳日初长。雨馀芳草斜阳。杏花零乱燕泥香。睡损红妆。 宝篆烟消龙凤。画屏云锁潇湘。夜寒微透薄罗裳。无限思量。"（宋本《淮海长短句》不载，据汲古阁刻本《淮海词》）

白石尚有骨，玉田则一乞人耳。

美成词多作态，故不是大家气象。若同叔、永叔虽不作态，而一笑百媚生矣。此天才与人力之别也。

周介存谓白石以诗法入词，门径浅狭，如孙过庭书，但便后人模仿。予谓近人所以崇拜玉田，亦由于此。

予于词，五代喜李后主、冯正中而不喜《花间》。宋喜同叔、永叔、子瞻、少游而不喜美成。南宋只爱稼轩一人，而最恶梦窗、玉田。介存《词辨》所选词，颇多不当人意；而其论词则多独到之语。始知天下固有具眼人，非予一人之私见也。

      ——以上陈乃乾录自观堂旧藏《词辨》眉间批语

附录
二

王静安先生墓前悼词

梁启超

案：此篇系梁先生九月二十日在王先生墓前对清华研究院诸生演说辞，吴君其昌及不佞实为之笔记，今录成之。

十一月十一曰，姚名达

自杀这个事情，在道德上很是问题：依欧洲人的眼光看来，这是怯弱的行为；基督教且认作一种罪恶。在中国却不如此——除了小小的自经沟渎以外，许多伟大的人物有时以自杀表现他的勇气。孔子说："不降其志，不辱其身，伯夷叔齐欤！"宁可不生活，不肯降辱；本可不死，只因既不能屈服社会，亦不能屈服于社会，所以终久要自杀。伯夷叔齐的志气，就是王静安先生的志气！违心苟活，比自杀还更苦；一死明志，较偷生还更乐。所以王先生的遗嘱说"五十之年，只欠一死。经此世变，义无再辱"，这样的自杀，完全代表中国学者"不降其志，不辱其身"的精神；不可以欧洲人的眼光去苛评乱解。

王先生的性格很复杂而且可以说很矛盾：他的头脑很冷静，脾气很和平，情感很浓厚，这是可从他的著述、谈话和文学作品看出来的。只因有此三种矛盾的性格合并在一起，所以结果可以至于自杀。他对于社会，因为有冷静的头脑所以能看得很清楚；有和平的脾气，所以不能取激烈的反抗；有浓厚的情感，所以常常发生莫名的悲愤。积日既久，只有自杀之一途。我们若以中国古代道德观念去观察，王先生的自杀是有意义的，和一般无聊的行为不同。

若说起王先生在学问上的贡献，那是不为中国所有而是全世界的。其最显著的实在是甲骨文。和他同时因甲骨文而著名的虽有人，但其实有许多重要著作都是他一人作的。以后研究甲骨文的自然有，而能矫正他的绝少。这是他的绝学！不过他的学问绝对不只这点。我挽他的联有"其学以通方知类为宗"一语，通方知类四字能够表现他的学问全体。他观察各方面都很周到，不以一部分名家。他了解各种学问的关系，而逐次努力做一种学问。本来，凡做学问，都应如此。不可贪多，亦不可昧全，看全部要清楚，做一部要猛勇。我们看王先生的《观堂集林》，几乎篇篇都有新发明，只因他能用最科学而合理的方法，所以他的成就极大。此外的著作，亦无不能找出新问题，而得好结果。其辨证最准确而态度最温和，完全是大学者的气象。他为学的方法和道德，实在有过人的地方。

近两年来，王先生在我们研究院和我们朝夕相处，令我们领受莫大的感化，渐渐成功一种学风。这种学风，若再扩充下去，可以成功中国学界的重镇。他年过五十而毫不衰疲，自杀的前一天，还讨论学问，若加以十年，在学问上一定还有多量的发明和建设，尤其对于研究院不知尚有若干奇伟的造就和贡献。

最痛心的，我们第三年开学之日，我竟在王先生墓前和诸位同学谈话！这不仅我们悲苦，就是全世界的学者亦当觉得受了大损失。在院的旧同学亲受过王先生二年的教授，感化最深；新同学虽有些未见过王先生，而履故居可想见声謦欬，读遗书可领受精神：大家善用他的为学方法，分循他的为学路径，加以清晰的自觉，继续的努力，既可以自成所学，也不负他二年来的辛苦和对于我们的期望！……

（原载《国学月报》第二卷第八号，1927年10月）

王国维先生生平及其学说

吴其昌

国维先生，字静安，中国近代学术界之权威。毕生从事学术研究，贡献殊多，故为词人、文学史家及文艺批评家，并最先做中国古史之研究。且奠定其基础，誉满国际史坛。讵料于民国十六年（1927 年）投颐和园昆明池溺死，一代宗师，遽嗟长眠！其昌先生曩昔从先生学于清华园，复有乡谊，故知先生最详，今掌武汉大学史学系，此文系吴先生在该校讲演笔记。

我作这次演讲，内心感慨万端。先生的去世，是在民国十六年（1927 年），我离开先生算来已十多年了。深惧学殖容有荒疏，无以仰对先生生前的提携与教诲。回想音容，实不胜感伤。

刚才主席提到各位对先生的景慕，恨不及亲炙其声音笑貌。从外貌看来，中年以后的先生，肤色黧黑，颌上留两撇八字胡须，秃顶，脑后拖着一条小辫发，说话时露出长长的两个门牙，其余的牙齿脱掉很多，经常穿一件长袍，外面套上马褂。初次看到这位享大名的学人，是不免使人感到失望的。我没有入清华以前，在上海哈同花园第一次见到先生。过后有人问起我印象如何，我譬喻他如一古鼎。入清华后，受教于课堂，先生满口海宁土白，当年同学诸君中，能完全把先生的话听懂的，只有我一人。这因为我也是海宁人。

平时先生寡言笑，状似冷漠，极乏趣味，醇湛的襟度，现出他学人的本色，暗示着一生治学的冷静严肃和实事求是的精神。其实，早年的先生并不如此。在那些年岁中的文学创作和论文里，风华赡丽的吐属，曾留下了才人旧日的梦痕，然而时世的推移，影响及于先生，遂造成他此后畸形的发展，造成我所亲眼看到的先生的暮年。

先生是科学的古史研究的奠基者，生于清同治十三年（1874 年）。在先生幼年时，左宗棠戡平回乱，班师东旋，洪杨乱事既平，随着又拓地万里，西洋诸国，都以为中国从此或将走上复兴的道路，一时有中兴之目。不幸事实上国力却日趋衰弱，到先生二十一岁的那年，甲午一战，海军全遭覆没，屈辱求和，声威尽坠。先生的少年期，就在这黯淡的局面下度过，当我们回溯着他多缺陷的身世，很容易联想起东罗马帝国衰亡期的那些学者们的坎坷的命运。

　　先生的先世，虽有念过书的，但到先生的祖辈父辈，已经改营商业。先生的父亲是当铺里的朝奉先生。十八岁时，先生中了秀才，此后应试却总是失败。二十三岁时先生任上海时务报馆的书记。《时务报》是汪康年、汪穰年两先生办的鼓吹维新的报纸，当时由梁任公先生任主笔。所以梁先生和王先生早年晚年都曾共过事。但早年时代，梁先生是主笔，王先生是书记；梁先生当时已是维新运动中的健将，而王先生还度着他早年黯淡的生涯。因为地位的悬隔，所以彼此也难得接近，但到晚年，梁先生、王先生又同任教职于清华研究院。梁先生尊王先生为首席导师，对之推崇备至。这固然是王先生的学问才华足以使梁先生倾倒，而同时我们于此也可见梁先生的谦虚。

　　在《时务报》任职时代，王先生虽未为梁先生所知，却因一个特殊的机缘，而为罗振玉赏识了。罗振玉在光绪间也是一个维新志士，为"农学社"于上海，并发刊《农学报》，聘日人译农书，提倡以农立国，因此当时罗振玉与汪康年、梁任公诸先生也有往来。某日罗振玉往访汪、梁两先生不值，候于房门，随手拿了一把破扇子挥汗，却在上面发现了一首诗。末两句是："千秋壮观君知否？黑海西头望大秦。"

后面署着海宁王国维。这是咏班超遣甘英使罗马（当时我们称之为大秦）而未果的事的。大概那时会王先生很崇拜左宗棠，而自己也油然有功名之志，所以不期然地写出这样雄伟的诗句。这种佼然不凡的吐属，震动了罗振玉，因询问侍者王国维先生是何许人，侍者只知道他是报馆里的一个书记。罗振玉乃嘱托侍者请王先生回馆后到他私寓里去访他。先生访罗振玉后感其知遇之诚，乃辞去时务报馆的职务，转入农学社服务。这一次访问，是先生生命史上的一个大关键，这是先生受知于人之始，更决定了先生此后生活的趋向，罗振玉以为那时一个青年人，应该接受一点新思潮，所以劝先生学习英文。当时藤田丰八——后来的东西交通史南洋史的权威，初在帝大历史系毕业，正受罗之聘在农学社译书。先生乃从藤田学英文，此后先生终其生俱师事藤田。即在清华研究院任导师的时代，和藤田通信，还是以师弟相称。

先生与刘鹗相识，大概也在此时。刘鹗是甲骨的收藏家，对罗振玉和王先生之研究甲骨文，均有影响。所以在此地我们要提及刘鹗，同时更要说一说甲骨文发现的经过。

光绪廿四年（1898 年）戊戌变法，梁、康亡命海外，明年，安阳殷墟甲骨发现。后者在学术史上的意义与前者在政治史上的意义相等，都是中国近代史上的重要节目。其实安阳的甲骨早经发现，乡人无知，称它为龙骨，常用来治病。同时乡人有种传说，以为没有字的治病才有效，所以药铺得到有字的甲骨，往往把它磨平以便出售。当时京师有三种最时髦的学问：康有为提倡"公羊学"，替维新运动在中国古代的经典中找理论的根据；俄人对我国西北边疆的觊觎，和左宗棠拓边政策的成功，更引起中国人研究西北地理的兴趣；而埃及、巴比伦的地下史料的探究，也使中国人对于周金文的研究，在当时的京师蔚为风气。北京的古董商人本常到安阳搜罗古物，大古董商范某发现甲骨上刻有线纹，疑其或具有相当价值，乃请教于名鉴赏家王懿荣（周金的收藏家，时任国子监祭酒）。王懿荣知道它具有学术上的价值，嘱古董商替他广为收罗，甲骨之被重视自此始。

又明年，八国联军入京师。王懿荣殉难。刘鹗当时正在京津间活动，王懿荣所收藏的甲骨完全为刘鹗所收买。后来有人告发刘鹗在庚子之乱时曾通款于外人，以粮米资敌。刘鹗因此充军新疆，他所收藏的甲骨至此几全归罗振玉。罗振玉拓印后，又把它转售于日本人。

然而当时先生正沉淫于叔本华、尼采的哲学。国事的蜩螗和早年生活的阴暗，使先生很自然地成为叔本华的崇拜者，对人生世相的观察，充满了悲观的色彩。甲骨文尚未为他研究的对象。廿九岁，先生至张季直故里南通师范学校任教师，并常常写文投到《教育杂志》去发表，《红楼梦评论》即作于此时。同时，《宋元戏曲史》也开始在《东方杂志》连载。《国粹学报》在当时是一个鼓吹革命的刊物，但先生当时对革命并无兴趣，投刊于《国粹学报》的是先生另一种整理戏曲目录的撰述——《曲录》。次年（也就是我的生年），罗振玉任苏州师范学校校长，先生也随罗振玉到苏师任教。苏州山水秀丽，徘徊光景，创作益丰。由卅一岁到卅三岁，这三年，先生的《静安文集》《人间词话》《苕华词》《宋元戏曲史》陆续出版。在《人间词话》里先生提出境界之说，名言妙理，如一串串晶莹的智珠，这时先生似已自甘将自己封锁在艺术的象牙塔里，世事的风云似已不能在先生古潭似的心境里荡起涟漪。艺术与宗教可以使人摆脱生存欲的困扰，在宗教的世界里，人们可以远离尘世的悲欢扰攘，而达于涅槃的境界；在艺术的世界里，人们可以暂时忘却"生"给予他的痛苦，而得到片刻的安息。这是叔本华的宗教观与艺术观，也是先生当年所崇奉的说素。先生既沉湮于这样的世界，所以虽和刘鹗认识，而罗振玉更是先生最初的知己，但对甲骨文的研究，殊无意趣。光绪三十二年（1906年），英人斯坦因赴新疆考古，"敦煌学"因以大显于时，而先生对之，亦复冷漠。

宣统元年（1909 年），先生三十六岁，在先生治学的生涯中，这一年有特殊的意义，因为先生治学的兴趣，在这一年完全转变了。这以前，先生是词人，是文学史家，是文艺批评家，是叔本华的崇拜者；这以后，先生却尽弃其所学，埋头在中国古史这一新处女地，从事拓荒奠基的工作，而以古史学家播誉于世界史坛。这一年，张之洞由两广总督调任学部尚书，罗振玉北上任学部参事，先生随行。那时张之洞创立京师图书馆，缪荃孙任馆长，先生由罗振玉介绍，入馆任编辑。次年，《国学丛刊》出版，先生起草宣言，倡言"学术无新旧之分，无中外之分，无有用无用之分"。所以不能以空间观念、时间观念、功利观念，来做学术的绳尺。这种为学术而学术的观念，当然极易导先生入于史学研究的途径。这时先生开始为罗整理《殷墟书契前编》，其中一部分曾分载于《国学丛刊》。宣统三年（1911 年），辛亥革命起，清室退位，对这一划时代的历史事件，罗振玉却毫无理解，他仍衡之以旧日士大夫的传统观念，斥武昌起义为"盗起武昌"。清帝逊位后，罗振玉逃往日本，先生也随罗东渡。先生的辫发本早已剪去，且平居西装革履，俨然是一新少年，如今清社已覆，因罗振玉以遗老自居，先生摆脱不了他的影响，又重新蓄发留辫，服马褂长袍，俨然是一遗少了。

先生东渡后，乃完全沉潜于中国古史的探索。先从事金文拓片调查的工作，成《宋代金文著录表》一卷，《国朝金文著录表》六卷，这是企图将中国古史系统化、科学化的基本准备工作。同时，并为《殷墟书契前编》作考释。民国元年，《殷墟书契前编》《殷墟书契菁华》在日本出版。那时日本的小林忠太郎刚在德国学玻璃版印刷，学成回国，看到《殷墟书契前编》刊载于《国学丛刊》印得太糟，乃向罗兜揽这笔生意。所以这两部书印得极其精致。民国三年（1914年），《殷墟书契考释》也用罗振玉的名义出版，罗振玉并因此得到法国国家学院的博士学位。巴黎图书馆知道罗振玉是研究中国古史的学者，乃赠以斯坦因及伯希和在敦煌所得的《流沙坠简》影印本，所以《流沙坠简考释》也在同年刊行，第一卷、第三卷署先生名，第二卷署罗振玉名。这是先生以古史学者知名于国际学术界之始。

先生研究甲骨文，除与认识罗振玉、刘鹗有关外，哈同与先生的关系也应该在此提及。这位犹太籍的巨商，爱好古玩珍物，所以与珠宝商姬觉弥颇有往还。后来这两家关系更日益密切，情若通家。民国五年（1916年），张勋复辟失败，遗老狷集沪滨，姬觉弥虽是一个商人，但颇想附弄风雅，以文饰他的鄙陋，供养着一大批遗老。同时他又信佛，尝迎名山大庙僧众设坛讲经，并刊行《频伽精舍大藏经》八千余卷。这类事情搅腻了，他又捐资集汉学家宣讲小学，更创办"仓圣明智大学"及"广仓学窘"，聘邹景叔（安）及先生为教授。先生自辛亥渡日，转瞬已过了六个年头。客居异域，当然不免有对故国的怀想，所以欣然应聘归国。仓圣明智大学及广仓学窘的学生几同哈同家奴，本谈不上学术的研究，但先生却得利用这个环境，对古史做更深邃的探求。《殷墟书契后编》就是在这一年出版的。刘鹗所藏的龟片，十九虽已归罗，但他的家属还保有一部分。后来这一部分为哈同所收买。先生又将这一部分材料加以整理，于民国八年（1919年）刊刻《戬寿堂所藏殷契文字》《戬寿堂所藏殷契文字考释》。前者用姬佛佗（即觉弥）的名义，后者则由先生自己署名。

自民国五年（1916年）至民国十二年（1923年），先生四十三岁至五十岁，这八年是先生学术生涯中的黄金时代。哈同供给先生一个便于研究学术的环境（哈同私人藏书之富，在中国实无其匹。《四库全书》，哈同那里都有全抄本）。而先生自己也正年富力强，生活的安定，使先生不致为琐屑而劳心，因得致其全力于甲骨文金文古史的探讨。故先生在学术上的成就，以这一阶段最为辉煌。重要著作多刊行于此时，古史论文的结集——《观堂集林》的出版，结束了这一阶段的学术生涯。

到民国十二年（1923年），这时"五四"的狂潮已经过去。为着适应新形势下文化建设的要求，学术界喊出"整理国故"的口号，国内北京大学研究院成立后，以先生的古史研究，久已获国际声誉，拟聘往讲学，但因为北大在"五四"时是新文化运动的大本营，革命空气一向浓厚，先生忠于清室，不愿应聘，仅仅答应了担任校外的特约通信导师。

不久，蛰居故宫称制自娱的溥仪，忽召先生入南书房行走。先生自省以诸生蒙特达之知，惊为殊恩旷典，急束装北上，这一幕悲喜剧，使先生再到北平，而终于在北平了结了自己的生命。

翌年，溥仪为冯玉祥驱逐出宫，出走天津，先生失职。同年，国立清华大学①创办研究院。这以前，清华是留美生的预备学校，因此校中风气受西洋习惯感染特甚不免有过当的地方，曾惹起社会上一班的不满的批评，就是当日清华的

———————

① 清华大学简称"清华"，前身清华学堂始建于1911年，1912年更名为清华学校，1928年清华大学曾被改编为国立清华大学。

学生中，也有不以本校的作风为然的。记得张荫麟君曾对我感慨地谈起："我们同学进城，别人都拿特别的眼光看待，仿佛谁额角上刻了'国文不通'四个大字似的。"这虽不过说笑，却也暴露了部分的真相，指出弊病的所在。适校方受当时新学术趋尚的影响，决定停止留美部招生，创设大学部，并成立研究院，校风为之一变。

时梁任公先生在野，从事学术工作，执教于南开、东南两大学。清华研究院院务本是请梁任公先生主持的。梁先生虽应约前来，同时却深自谦抑，向校方推荐先生为首席导师，自愿退居先生之后。这儿发生了一次小小的波折：原来，梁先生因为曾赞襄段祺瑞马厂起义之役，素为遗老们所切齿，罗振玉嫉视他更甚。先生是遗老群中的一个，与罗私交又颇密切。这事既由梁先生推荐，罗因力阻实现。先生颇感进退为难。正当踌躇未决的时候，梁先生转托庄士敦（一个中国籍的英国人，溥仪的英文教师）代为在溥仪面前疏通，结果经溥仪赞同，当某次先生上天津去请"圣安"的时候，面谕讲学不比做官，大可不必推辞等语。于是先生乃"奉旨讲学"，应聘迁居清华园，罗振玉无话可说，只好搁在心里不乐意了。

先生应聘的第二年春间，研究所正式开学。这时的盛况是使人回忆的：除了先生和梁先生外，同任导师及讲师的有陈寅恪先生和赵元任先生及李济、马衡、梁漱溟、林宰平四先生。陈先生那时曾经写过一副开玩笑的对联给我们，文曰："南海圣人，再传弟子；大清皇帝，同学少年。"这是暗指梁、王二先生以嘲弄我们的。平常每一个星期在水木清华厅上，总有一次师生同乐的晚会举行。谈论完毕，余兴节目举行时，梁先生喜唱《桃花扇》中的《哀江南》，先生往往诵八股文助兴，如今，声音好像仍在耳边，而先生却已远了。

在研究院先生所开的课程，有（一）古史新证、（二）尚书研究和（三）古金文研究三种。不过讲授的虽还是古文字古史方面的东西，而先生自己的研究工作，则早在两年前（民国十二年）校《水经注》时，即更换了趋向，作为先生第三期学术工作的对象的是辽金史、蒙古史和西北地理。这几年陆续发表了许多有价值的著作。我现在撮述重要的书名和篇名如下：

一、《蒙鞑备录》校注，二、《黑鞑事略》校注，三、《圣武亲征录》校注，四、《长春真人西游记》校注，五、阻卜考，六、黑车子室韦考，七、金界壕考，八、辽金时蒙古考，九、鞑靼（靻鞑）考，鞑靼（靻鞑）年表，十、南宋人所传蒙古史料考，十一、元朝秘史之主因亦儿坚考，十二、蒙古札记。

清华园的山光水色，校方的优裕的供奉，给这位冷于世事、懒于应付的学人以安宁和休憩，似乎尽可以颐养他的余年了。谁知世事的剧变，使先生仍不能平静地活下去。新的事物带来太多的刺激，北伐军兴，大局震荡，北京城里满浮着谣言，暗示着军阀统治的挣扎、无力和行将崩溃的前途。叶德辉在湖南被杀后，谣传着一个新的消息，说是南兵见有辫子的人便杀，又传闻一旦北伐军北上将极不利于溥仪。先生既久已和外界隔绝，判断力减退，对大局趋向莫明，在盛炽的谣言世界里，既为一己的安全担忧，又恐溥仪万一将有不测。因此，面对着亟变的世局，先生有着极度的愤恨和憎厌，心境极为凄苦。当时，有同学曾婉转进言，请先生将辫发剪掉。其实呢，对于这，先生也并不怎样固执。他曾说过："倘是出其不意地被人剪了，也就算了！"不过要让自己来剪，则老年人的情怀觉得有点难堪，不愿如此做罢了。过些时，有一次我见到先生，他问我说："前年有一天晚上，我曾看见一颗大星流坠，随后就听说孙中山死了。前两夜，我又看到了同样的异兆，你看吴佩孚怎样，会不会轮到他死呢？"在我们看来，这自然是令人发笑的情绪。果然，不久先生就以自杀闻了。

先生自杀的经过是这样的：

这年五月里一个风日和暖的日子，颐和园里的鱼藻轩前，发现一位老先生投水死在昆明池里，这就是众所周知的王先生。据守卫园内的人说：先生入园后徘徊于池边，曾见他点燃一支卷烟。正午十二时，忽然传来"扑"的一声，循声前往，知道有人死在水里，待救将起来，人已气绝了。我们闻讯赶至，除了一瞻遗容外，已一无补益。呵，这一代大师的凄凉的死！

事后据人谈起，先生在前些日子和人谈及颐和园的风物，尚慨叹自己在北平这样久，园中却一次没有去过。不料这名园竟成了他葬送生命的处所，他的第一次游园，也就是最后的一次了。

先生遗嘱略曰："五十之年，唯（只）欠一死，经此大（世）变，义无再辱，我死后，遗著可托陈、吴二先生整理。"（陈指陈寅恪先生，吴指吴宓先生）这证明了先生之死，是因为在那时会，先生已不愿再活下去，所以自愿了结他自己的生命。

先生自戕的消息传来，梁任公先生正卧病于德国医院，赶忙抱病出院。后事料理初毕时，溥仪优恤的谕旨已下，发给治丧费三千元，伪谥"忠悫"。梁先生为请求北洋政府褒扬先生事，曾往访当时的国务总理顾少川（维钧）先生。顾允提出阁议，结果因为多数阁员根本不识"王国维"其人名姓，未被通过。这诚无损于先生的盛誉，然而一代学术宗师，誉满中外，退位困居的逊清帝廷尚知议恤颁谥，而北洋政府却不闻不问，其腐败昏庸，是可以想见的了。

总结先生的一生，以才人始，是学人终。而治学的科学精神及其结论的准确性，在学术史上，只有王念孙堪相伯仲。在私生活和事功上，先生是毕世坎坷的：年轻时屈居下位，壮岁碌碌依人，甚至个人辛勤的著作，都写着旁人名氏，晚年虽声名鹊起，而孤独郁结，不得终其天年。在友朋中，先生受罗振玉影响极大，偏巧这影响又是和时代的潮流相悖的。但在学术上，先生的成就实有不可磨灭的光辉。他的治学的初、中、晚三期——第一期的哲学、文学、文艺理论，第二期的古史、古文字学，第三期的西北地理、辽金蒙古史——均有可贵的遗产留给后来的人。我们纪念先生，景慕先生，想学习先生，便应该从这些地方入手。

科学的进步无止境。前人播下种子，辛勤的操作给后人预备下来日的收获。而我们亦当为自己的下一代留下更丰盛的果实。王先生的贡献是永远的，值得尊敬的；但在理论

上讲起来，我们应该超越他，再让我们的后辈再来超越我们。——这才是学术进步的征象。（景芹笔记）

（原载1943年9月《风土什志》第一卷第一期）

回忆王静安君

［日］狩野直喜

一

王静安君于遥地去世，作为友人之一，我真是不堪哀悼之情。有关他纯粹学术上的功绩，可能还有讲述的机会。这儿先谈他与我的相识、相处，顺便会涉及他的学问，但那不是主要的话题，这是要先说一下的。

二

我初次听到他的名字是很早以前的事了。大概明治三十四年（1901 年）左右，我到中国留学。在上海淹留的时候，我的友人藤田博士（现东京大学教授藤田丰八君）正好在罗叔韫君总理的东文学社任教，那是一所用日本语教授学问的学校。藤田博士说他教的学生里有某生，头脑极明晰，善读日本文，英语程度也很高，而且对研究西洋哲学有兴趣，他的前途真是引人注目。和中国现在的情况一样，我留学的时候，或许是因为当时风气，中国青年中的志学者，大都对政治学、经济学有兴趣，所谓有志新学而尝试研究西洋哲学的，非常罕见。藤田博士给某生极高的评价，说了一大堆推赏他的话，可是我始终没见到他。这位某生，就是王静安君。

以后张謇先生在通州办了学校，我的老友某先生在该学校教日文，听说王静安君也到通州当了翻译或助教。过了一段时间之后，可能明治四十三年（1911 年）左右吧，我们得到一个消息，在敦煌发现的遗书，除了法国的伯希和、英国的斯坦因带走的以外，都在前清朝廷的学部里保管着，我与我们京都大学的内藤（虎次郎）、小川（琢治）、滨田（耕作）、富冈（谦藏），奉命去北京出差，做一些调查。当时罗叔韫君是京师大学堂的农科大学长，前面提到的藤田博士也在那里任教，他们为我们的遗书调查提供了许多方便，王静安君也在农科大学当职员，挺热情地招待我们。

当时我打算研究元杂剧，在京都大学也已经开始讲授这门课，恰巧王静安君与我相似，也做了一些这方面的研究，已经有了著述《曲录》和《戏曲考原》。我利用出差北京的机会面会王君，听了他关于元杂剧研究的谈话，觉得非常有意义。当时《大阪朝日新闻》计划南极探险，整个社会都很关注。小川博士每一次见到中国人的时候就讨论南极、北极的问题，我则跟王君一直谈中国戏曲的南曲、北曲。所以我们待在北京的时候，有些中国朋友对比南北极与南北曲两个话题①，他们似乎把这事看成一个笑话。

三

王静安君的学问范围是宏大的，不只是以元杂剧研究为自己的专业。也许我的看法有错误，我以为王君学术研究的变迁是在东文学社念书以及侨居上海的时候，他可能以西洋哲学为主，介绍了叔本华、尼采等人的哲学书，在这样的哲学背景下批评《红楼梦》，创造了非常新式的学风，打破了当时已经僵化的传统中国学的研究方法，尝试打开一个新天地。研究叔本华并用之批评《红楼梦》，中国文学者采用这种做法，可以说是破天荒的事情。根据王君的看法，传统的中国文学研究以诗文为中心而忽视了戏曲小说类，这种偏见是全然的谬见，戏曲小说也有跟诗文一样的重要性，实际上

―――――――――

① 　日语中南北极与南北曲发音完全相同。——译者注

他公开这样说，也是这么写的。正如他说的那样，就元朝文学而言，诗人、文章家可能远不如杂剧的作者。所以，正是王君开拓了从前中国学者不大重视的方面的研究。现今的中国新学者都讲究中国俗文学的研究，不能不说有赖于王君。王君十几年以前在这方面就已着先鞭。

四

此后，1911 年，王静安君带着他的家族，与罗叔韫君一起搬到京都，滞留了五六年。其间，与我常常来往。我觉得来京都以后，王君的学问有一些变化。也就是说，他好像重新转向研究中国的经学，要树立新的见地。可能他想改革中国经学研究。比方说，聊天的时候我偶尔提到西洋哲学，王君苦笑说他不懂，总是逃避这个话题。以后他扩展了元杂剧研究，写了《宋元戏曲史》，可是对他来说，写这本书已完全属于消遣。此前他说过，杂剧的研究以他的《宋元戏曲史》为终结，以后再也不研究了。那么在京都的时候，他的学问研究的本领在哪些方面呢？当时他精细地重读《十三经注疏》《汉书》《后汉书》《三国志》等等，在京都他有很多自由的时间供他精读。我想不为特别具体的目的而读书是非常有意义的事，可是没有很多的时间就不可能这样做。或许这是上天给他的一个好运。

王君在京都的时候，与罗叔韫君朝夕相处。众所周知，罗君在小学、金石文字学方面是冠绝一世的学者，而且藏书丰富。他跟罗君整天讨论学术上的问题，对文字、考古开始发生很大的兴趣，另一方面，他研究经学。这两方面的研究，我以为后来成为他的《观堂集林》里论文的渊源。这次他投湖殉节，各种报纸都谈及他金石文字学方面的巨大成绩，就这点而言，我觉得可能罗君给他的影响是极大的。

五

作为一个学者，王君伟大卓越之处，我想是凡中国的老一辈大儒才能做的事，他都做得到。晚年他绝对不提自己会外文，可是因为他研究过外国学问，他的学术研究方法比以往的中国大儒更加可靠。也就是说，他对西洋科学研究法理解很深，并把它利用来研究中国的学问，这是作为学者的王君的卓越之处。当今中国，因受西洋学问的影响而在中国学中提出新见解的学者绝非少数，可是这种新涌现的学者往往在中国学基础的经学方面根柢不坚、学殖不厚，而传统的学者虽说知识渊博，因为不通最新的学术方法，在精巧的表达方面往往无法让世界学者接受。也就是说，他们的表述不太好领会。而王君既没这二者的毛病，又兼有两者的优点，这确实是罕见的。

大体上说，学问的倾向随着一个人的年龄、境遇的变化而变化，从王君至今的学风变化来看，我想，将来会向更好的方向发展，成为更伟大、更卓越的大学者。五十一岁并不算老，可王君忽而殉节、入幽冥境，这对学界来说，真是一个大的损失。

六

前清末期，王静安君出仕学部，可他并不是官员，只是一个胥吏而已，当然未处在显要地位。他是个天生的研究者，世俗的富贵荣达不萦于心。我从未听到他谈政治，但可以肯定地说，他谨守节义，绝对不随时流改变自己。他并未蒙受清廷的特别恩宠，只是无法忍受过分彻底的政体改革，不堪因追逐时髦而舍弃中国几千年的文化。以前王君并未因身临危难而离开祖国、侨居日本，我想大概也是基于上述原因。

有人曾向宣统逊帝推荐他当南书房行走，之后不久宣统逊帝被冯玉祥逼迫而逃到醇亲王府，又从醇亲王府逃到北京的日本公使馆。听说王君遭逢此事，悲愤慷慨，泪如雨下。当时我给王君及其他有关人写信，探问宣统逊帝的情况。王君的回函如下，读之如亲睹当时情景。

君山先生有道：前日读尊致雪堂手书，以皇室奇变，辱赐慰问。一月以来，日在惊涛骇浪间。十月九日之变，维等随车驾出宫，白刃炸弹夹车而行，比至潜邸，守以兵卒，近段张入都，始行撤去，而革命大憝，行且入都，冯氏军队尚踞禁御，赤化之祸，旦夕不测。幸车驾已于前日安抵贵国公使馆，蒙芳泽公使特遇殊等，保卫周密，臣工忧危，始得喘息。诸关垂注，谨以奉闻。前日阅报纸，知先生与同僚诸君有仗义之言，尤谍感谢。雪堂在都即寓敝寓处，前日有函夏（复）左右，想蒙察入矣。专肃敬候起居不尽。

国维顿首

阴历十一月五日

从中可以窥见王君的心情。

七

　　我最后见到王君是在前年，当时在北京召开东方文化事业大会，为此我到中国，顺便于北京郊外西山的清华学校探访了王君。其时王君非常热情地接待我。关于东方文化事业大会，我最希望的是王静安君的参加——除两三位老先生外——我跟日本的当局屡次这么说，跟中国的委员也这样讲，双方都同意我的意见。现在的中国，政治上的见解、思想都处于混乱状态，在这方面并非所有人都同意王君的观点。而他的学问，由于学殖识见超越时流，所以国民党系的人、共产派的人，以及无论什么派系的人，只要能理解中国的学问，没有不推赏王君的。连北京大学新进的中国学者也对他的学问推崇备至。

　　这回王君弃世，我知道一点真相，可是我担忧连累有关的朋友，在此只好避开不说。但我还要斗胆说一句，王君的这次自杀，并不是为了一时的兴奋，也不是为了悲叹自己的境遇，这些个人的因素跟他的行为完全无关。有的中国报纸说他是因为耽读叔本华的哲学书，才造成今天的结果，这样的见解全然是谬见。正如我前面说过，以前的王君确是读过叔本华的哲学书,可是这对王君的性格没有产生什么影响。他的赴水自有别的原因在,就此而言,他这次的决断是非常卓越的。不过,有的看法认为他没必要死。世界上有很多应该选择死而恬然贪生的人,可是王君以自己的自由意志,从容选择了一死,这是值得称赞的行为,如果要入国史本传,他应该在儒林、忠义两传。

王君研究学问的时候总是保持冷静的态度,绝对不把感情掺杂在里面。要言之,他始终是学究性的,而诗文也非常出色。他有理智,同时又有美丽、高洁的感情。平时往来交际的时候,我窥见了他情感的光辉。长诗《颐和园词》里的一言一语,都满含燃烧着的忠义之情,闪现着他美丽的感情、性格。

王君这次自杀,不用说是从他自身尊崇的道义观念出发,也可以说是楚屈原那样燃烧感情所引导的。

关于他的学问,以后有机会再做介绍。现在,只能表达对他的哀思,就讲到这里吧。

附记:本篇是编纂委员根据谈话记录整理的,文责由编纂委员负责。(那波利贞)

(滨田麻矢译)

(原载昭和二年(1927年)八月《艺文》第十八年第八号)

怀念我的父亲王国维先生
—— 清华琐忆

王东明

最近收到一位从未谋面的美国女士辗转来信，用中文书写，文笔流畅典雅，据说已学了十九年中文，最近八年来，正致力于写一本书（英文的），有关我父亲——王公国维的生平及其学术思想，介绍给西方世界。她去年曾到大陆游历，并特地到我们家乡——海宁，凭吊我们的故居，且以当天下大雨未能照相为憾事。像她那种追根究底，实践笃行的精神，令人不胜感佩。

我们住在清华园的时间虽短，却享受了天伦之乐与童年时无邪的欢笑，但也在这短短的时间中，相继失去了亲爱的大哥和敬爱的父亲。因此对父亲和我们最后共同生活的环境和事迹，以及当时印象最深的人和事，凭着记忆，忠实地记载下来。

西院居处

我家迁入清华园，是民国十四年（1925年）四月间事，当时我尚留在海宁外婆家，从母亲给姨妈的信中得知消息。北平城内后门织染局十号的房屋十分宽敞，共有二十个房间。清华西院宿舍，每栋只有正房三间，右手边有下房一间，内一小间，通正房，可做卧室或储藏室。左边外为厨房，内为浴室及厕所，设备已稍具现代规模，有进口抽水马桶，只是浴盆是用白铁皮制成，天气稍凉，身体接触盆边，有一种冰凉透骨的感觉，因此后来将它拆下，改用木盆。厨房旁邻接隔壁房屋处，有一小厕所，是抽水蹲式便池，专备佣仆之用。那个时候，即使居住上海等大城市的人，多数未见识过新式的卫生设备。

这些房屋的特点是院子比房屋的面积大，每户都栽种很多花木，屋后紧接邻家前院，门开右边，左邻刚相反。如此共有两列连栋房屋，合计二十户。每户都是朱红漆的大门及廊柱，闪着金光的铜门环，在当时看起来，倒也气象万千。

第二个特点是窗户特别大，一个房间中有三扇大玻璃窗，上为气窗，向后有两扇小窗，对着别家前院，装得特别高，以确保各家的隐私权。除气窗外，均不能开启。气窗上面，蒙有绿色纱布，北方人叫它作冷布。每逢更换冷布及裱糊顶棚，是一件大事，在北方住过的老年人，大半都知道。每户除门铃外，每间上房，均有电铃通下房，这种设施，在当时还很新颖。

屋外是一条平坦的柏油路，路边种着高大的洋槐树，外面即为石砌的大围墙。这条围墙除南院外，包围了整个园区。正对两列宿舍中间的大马路，有一对大门供出入。门内侧的传达室有人全天候守护。大门外即为通西直门大道，旁有小河，终年流水，清澈见底。冬天仅有靠两岸结冰，春夏山上融雪，急流汹涌，沿着河边散步，听着水声及林间鸣蝉，为一大乐事。

我们向校方租屋时，原为十七号及十八号两栋，以为连号必然毗连，等到搬家时才发现十八号在最西面，十七号在最东面，两宅相距一二百尺，在这种情况下，也只有先住下再说了。后来不知是否与十六号交换了房子，还是十六号正好空出来了。因当时我尚未赴平，事后也忘了追问。总之当年冬天母亲回乡带我来到清华时，我们已住在西院十六号及十八号了。

十六号是父亲的书房，为研究写作的地方。书室为三间正房的西间，三面靠壁全是书架，书籍堆放到接近屋顶，内间小室亦放满了书。南面靠窗放大书桌一张、藤椅一只，书桌两旁各有木椅一把，备学生来访时用。另有藤躺椅一只，置于书架间之空隙处，备疲乏时休息或思考时用。中间为客厅，只有一张方桌及几把椅子而已。东间为塾师课弟妹处，厕所后墙开一扇门，通达十八号。门虽开在厕所，但门一打开，即把马桶遮住，所以虽为访客必经之途，尚无不雅感觉。十八号为家人饮食起居之所，以目前的眼光来看，实在是很拥挤的。

前院平常很少有人进去，大门常年关闭，后院颇整洁，母亲爱花，老用人钱妈是农家出身，对种花很内行，虽然没有什么名花蕙兰，春天来时，倒也满院生香。

清华三院的特色

清华教职员的宿舍，共分三院，南院位于大门外左侧，为二层楼西式建筑，都是较为年轻学者所居，如赵元任先生夫妇及陈寅恪先生，即住于一号及二号。当时赵家已有两个女公子，陈伯父则尚未成家。赵氏夫妇在生活方面很照顾他，遂成为通家之好。

西院地处清华园的西北角，建筑古色古香，距学生活动区域较远，恬静安适，是理想的住宅区。出门购物，离成府约一里，离海甸约三里，在没有交通工具的时期，离市集稍近的地方，就方便得多。西院住的大概是年龄较长的教授和职员，租金也较便宜。墙外不远，是圆明园遗址，断垣残壁，硕大无比的石柱横七竖八地躺在地上，好像在抗议无情的战火对它残酷的摧残。

北院在园内东北角，为西式平房，大部分为外籍教授所居住。宿舍外面空地很广，不远处有一个土丘，下面有一个洞穴，小孩们常在洞里玩耍，并有刺猬出入。爬到丘顶，看到墙外一片平原，据说是个农场。

这都是六十年前的情况。前年冬天，六弟登明因事赴平，曾到西院凭吊故居，从所摄得的照片看来，面目依旧，神采全非。六十年的风霜岁月，人已绵延二三代了，而这些旧时宅院，却仍在苟延残喘，侍奉新主。

三座难忘的建筑

清华的大礼堂，是当时很有名的建筑，屋顶是铜质半球形，建材是用白色大块的大理石砌成，绝非目前所谓大理石建筑，只不过用钢筋水泥造好后，贴上薄薄一层大理石片可比。前面的大铜门，金光闪闪，又高又大。也许是那时我还小，必须要用全身之力，才能把它推开。门内甬道上铺着大红色地毯，后面为舞台。周末常有电影或晚会，那时电影只有黑白默片，演一段剧情，再有一段原文字幕的说明，虽然看不懂，倒也津津有味。记得有一次，大概是什么纪念日吧，请到了梅兰芳演唱《宇宙锋》，可惜当时我对平剧一窍不通，只觉得好听，扮相好看，非常像个女人而已。这座建筑，以目前的标准来看，作为集会及演出的场所，在设备灯光等方面都还谈不到，它最大的缺点，是有回声，台上说什么，后面就发出同样的声音，我想这也许是当初设计的错误。后来在南京看到中央大学的大礼堂，外表虽略相似，但总缺少那么一点华丽高贵的气质。

工字厅是因整座房舍的结构排列像个"工"字而得名，是纯中国式的建筑，古意盎然，室外有回廊，旁边古木参天。父亲的研究室就在厅的西头，宽敞高大，书籍也不少。这地方环境安静，很适合他在那里看书写作，是与朋友学生讨论问题的好地方。

工字厅的后面是荷花池，到了夏天荷花盛开，池边地形略高，遍植垂杨，是消暑的好去处。到了冬天，池中结了厚厚的冰，就成了溜冰场，有时有冰球比赛，平常小孩们推着冰橇，大人就在上面溜冰，在这里的冬天，比任何季节都热闹。

体育馆是当时全国高等学府中首屈一指的，里面有篮球场、羽球场及游泳池，二楼有一个圆形跑道，各种运动器材应有尽有，设备相当完善。可惜有些地方我们不能进去，所以知道得很有限。

如今关山路隔，儿时旧梦，已不可寻。

父亲的辫子

父亲的辫子，是大家所争论不休的。清华园中，有两个人只要一看到背影，就知道他是谁：一个当然是父亲，辫子是他最好的标志；另一个是梁启超，他的两边肩膀，似乎略有高低，也许是曾割去一个肾脏的缘故。

每天早晨漱洗完毕，母亲就替他梳头。有次母亲事情忙了，或有什么事烦心，就嘀咕他说：人家的辫子全都剪了，你留着做什么？他的回答很值得人玩味，他说：既然留了，又何必剪呢？

当时有不少人被北大的学生剪了辫子，父亲也常出入北大，却是安然无恙。原因是他有一种不怒而威的外貌，学生们认识他的也不少，大部分都是仰慕他、爱戴他的。对这样一位不只是一条辫子所能代表一切的学者，没有人会忍心去侵犯他的尊严。

由于他的辫子，有人将他与当时遗老们相提并论。他不满于当时民国政府政客及军阀的争权夺利而怀念着皇室，也是实情，至于有人说他向罗振玉汇报消息，最近北京中华书局出版的《王国维全集》之书信部分中，可以说明一二。像其中所收民国六年（1917 年）六七月间致罗振玉的书信即是一个例子。但在同书一百九十四到一百九十五页，即民国六年（1917 年）六月三十日致罗函中谓：沈曾植北上参与复辟活动，其家人对父亲伪称赴苏。以父亲与沈氏间私交之深，其家人尚加隐瞒，足见父亲与民国六年张勋复辟，并无关联。至于热衷参与政治活动之说，更属无稽。

近来罗振玉的长孙罗继祖极力强调父亲的死为"殉清"及"尸谏"，其立论的根据是父亲的遗折，但是遗折是罗振玉所伪造的，故其说法的可信度是可想而知的。溥仪后来也知道遗折是伪造的，罗继祖引了溥仪一句话："遗折写得很工整，不是王国维的手笔。"他还添了一句："这话倒是说对了。"不知他指的是"字"还是"遗折"本身。

其实罗振玉与父亲，在学术上的成就，罗王齐名，但在人品方面，却褒贬各异，其中也有不少是凭个人的好恶、恩怨，信口开河，甚或加以渲染，使身为长孙的罗继祖，不得不借二人间的共同点，找出接近、类似之处做对比，来替乃祖辩解。

父亲对仪表向不重视，天冷时一袭长袍，外罩灰色或深蓝色罩衫，另系黑色汗巾式腰带，上穿黑色马褂。夏穿熟罗（浙江特产的丝织品）或夏布长衫。平时只穿布鞋，从来没有穿过皮鞋。头上一顶瓜皮小帽，即令寒冬腊月，也不戴皮帽或绒线帽。那时清华园内新派人士，西装革履的已不在少数，但父亲却永远是这一套装束。辫子是父亲外表的一部分，他自日本返国后，如在其中任何一时期剪去辫子，都会变成新闻，那绝不是他所希望的。从他保守而固执的个性来看，以不变应万变是最自然的事。这或许是他回答母亲话的含意吧！

父亲教我读四书

我到北平清华时，在民国十四年（1925 年）阴历十一月中旬，已入严冬季节，那时家中请了一位老师，专教两个弟弟、一个妹妹，父亲没有安排我入塾。直到新年过后，父亲才准备了一部《孟子》，一部《论语》，开始自己教我念书。

每天下午两点，照规定是我到前边书房"上书"的时候，吃完饭，我就紧张了，上一天教过的新书还没有读熟，指定的一张大字没有写好，于是一面写字，一面结结巴巴地念着、记着。到了两点，捧着书和字，战战兢兢地到了书房，一放下书，就背起来了，但很少是很顺利地背完那段书，有时忘了，就偷偷地看父亲一眼，希望他提我一句。只见他皱皱眉头，慢慢地提了我两个字，好容易拖拖拉拉地背完书，就要教新书了。有时连提几次都背不下来，就要来日连新教的一起背了。

父亲在讲书或听我背诵的时候，从来不看书本，讲解时也不逐字逐句地讲，他讲完了，问我懂不懂，我点点头，今天的功课就算完了。

不到一年，一部《孟子》算是读完了，接着是念《论语》，这可没有《孟子》那么有趣味了。读《孟子》好像读故事，比喻用得特别多，而且所用的那些比喻，连我这十三岁左右的孩子，都能体会到它的妙处。《论语》却不然，天天"子曰""子曰"，所讲的都是为人的大道理，好像与我毫无关系似的。我很羡慕塾师教五弟读《左传》，可是我不敢向父亲说。

这样的日子，只过了一年半，《论语》才念了一半，父亲忽然去世了，全家顿时陷入了无底的深渊，不知道如何来接受及适应这突如其来的不幸事件。

等到丧葬事宜告一段落后，对我们兄弟姊妹的教育问题，有了初步的决定。三哥虽已办好燕京的转学手续，但清华学校给了他研究院的一个职员位置，因此就辍学了，四哥上了崇德中学高一，五弟、六弟及松妹则进清华的子弟小学——成志小学。只有我，暂时不准备入学，虽经赵伯母（赵元任太太）再三相劝，我仍坚持己见，当然，我有不得已的苦衷。最后的决定，是由赵万里先生教我念古文，一部《古文观止》，倒也选念了数十篇文章。这时一改以前漫不经心的态度，用心听讲，用功熟读，想到以前背书时父亲皱眉头的情形时，心中总不免感到一阵愧疚，他人求之不得的机会，自己却轻轻地把它放过了。

我家的西席先生

我家兄弟姊妹八人，没有一个是从小学一年级念起的。大哥二哥三哥小时，是在家乡请了一位郑姓的饱学之士开蒙的。那时我还很小，只是听说而已。到上海后，三人即进入工部局设立的育材公学就读。后来因一次学潮，英国籍的老师听说是姓王的学生领导的，正好二哥是学生会副会长，兄弟三人都被开除了。自此大哥考入海关，二哥考入邮政，三哥考入铁路，只有三哥年纪太小，被父亲逼令入沪江大学附中继续正规教育。

那时有一位表伯，长住我们家中，在工作余暇，就教导四哥及五弟读书。到北平以后，在城内亦曾请过老师，只是我不在北平，毫无印象可言。我见过的是在清华的一位陈老师，河北宛平县人，是罗振玉姻伯第四子的内弟，专教五弟、六弟和小妹，为人老实拘谨。每次吃饭时，父亲都尊他上座，但是他举筷维艰，我猜想他每顿都不曾吃饱，因为他是道地的北方人，惯吃面食，而我们家却以米饭为主。又加拘束羞涩，见了父亲有一种说不出来的腼腆表情，其实父亲对他的教学，并不过问。

书房在十六号正房的东间，与父亲的书房隔着客厅相对，室内放了几张小木桌，是弟妹们的书桌，左侧放着老师的床铺。父亲出入，必须经过，实在是非常不便的。

三个学生中，最难对付的是五弟。他那时念《左传》，常提出些怪问题来问老师，他的北平话已讲得不错，可是他念书时偏偏要用江浙音。一个初离家乡的年轻人，除了北方话以外，哪里听过江浙土音，所以五弟背书时，老师只有点头瞪眼的份儿，能听出几个字，只有他自己知道。像这样刁钻古怪的学生，还真难应付呢。幸亏四哥已有十七八岁，请校内学生补习数学、英语，预备投考高中。空闲时常去找陈老师聊天，并共同诵读诗词。老师的楷书写得很好，四哥常买了有格子的折本，请老师写些长诗，如《长恨歌》《蜀道难》以及《春江花月夜》等，才打发了老师无聊的岁月。民国十六年（1927 年）春天，老师辞馆回家结婚，家塾就此中断了。

父亲对饮食的偏好

父亲喜爱甜食，在他与母亲的卧室中，放了一个朱红的大柜子，下面橱肚放棉被及衣物，上面两层是专放零食的。一开橱门，真是琳琅满目，有如小型糖果店。

每个月母亲必须进城去采购零食，连带办些日用品及南北什货。回到家来，大包小包的满满一洋车。我们听到洋车铃声，就蜂拥而出，抢着帮提东西，最重要的一刻是等待母亲坐定后，打开包包的那一瞬，这个吃一点，那个尝一尝，蜜枣、胶切糖、小桃片、云片糕、酥糖等等，大部是苏式茶食，只有一种茯苓饼，是北平特有的，外面两片松脆薄片，成四寸直径的圆形，大概是用糯米粉做的，里面夹着用糖饴混在一起的核桃、松子、红枣等多种小丁丁，大家都喜爱吃，可是母亲总是买得很少，因为外皮容易返潮，一不松脆，就不好吃了；一些细致的是为父亲买的。其他如花生糖、蜜饯等，是我们大家吃的，酥糖是六弟吃的，虽然说各有其份，放在一起，常常会分尝一点。六弟享些特权，大家都认为理所当然，因为他到五岁尚不能行，也不会讲话，后来忽然站起来走了，而且也会讲话了，大家都对他特别关心与爱护。父母亲对这个小儿子，也最钟爱，尤其是钱妈，把他看作自己的儿子一样，事事都卫护他，所幸他并没有恃宠而骄，从小到大都是最乖的。

父亲每天午饭后，抽支烟，喝杯茶，闲坐片刻，算是休息了。一点来钟，就到前院书房开始工作，到了三四点钟，有时会回到卧房，自行开柜，找些零食。我们这一辈，大致都承袭了父亲的习惯——爱吃零食。

父亲对菜肴有些挑剔，红烧肉是常吃的，但必须是母亲做的，他才爱吃。在北平，蔬菜的种类不多，大白菜是家常必备，也是饭桌上常见的蔬菜，其他如西红柿、茄子（形状有点像葫芦，圆圆的）、鸡蛋等，也常吃。豆类制品如豆腐、豆干、百叶等，他也爱吃。鱼在北平是很稀罕的，所以很少记得有吃鱼的事。平常除了炖鸡以外，都不煮汤。

我们到北平以后，母亲和钱妈也学会了包饺子，这种面食，父亲也喜欢吃。吃剩下来，第二天早上用油煎了，就稀饭吃。每天早上，除稀饭必备外，总有些固体的食物，如烧饼、包子等等。

父亲爱吃的水果也不多，夏天吃西瓜，他认为香瓜等较难消化，他自己不吃，也不准我们吃，其他如橘子、柿子、葡萄等，还较喜欢吃。我们大家也就跟着他吃。

我对自己能把将近六十年的往事，拾回那么多记忆，感到惊异，只是已逝的岁月，却永远捡不回来了。

天哪！这是母亲的遗书

父亲的突然去世，为家中笼罩了一层愁云惨雾，每个人都食不下咽，即连仆佣亦不例外。由于母亲无心料理三餐，家中当时常不举炊，每天从"高等科"厨房，送来两餐包饭，大家都是略动筷子，即照原样收回去。后来由钱妈把家事接下来，又开始每日由成府小店送来预约的各种菜蔬，再行自炊。

母亲那时每天都到成府刚秉庙，为父亲棺木油漆督工，漆了几次后，外面加包粗麻布，再漆，再包，共包七层之多，然后再加漆四五次，到后来，其亮如镜，光可鉴人。那时用的并非现在的快干洋漆，而是广漆，每一层必须等待干燥，才能再漆，费时不少。时当盛夏，辛苦奔波，还在其次，最难耐的是庙中隔室另有一具棺木，是早几时北平学生示威运动中被枪杀的一名清华学生，因棺材太薄，又未妥善处理，远远就闻到阵阵尸臭，母亲亦未以为苦。

接着购地、挖掘扩穴，也是她在忙着。钱妈悄悄地对我说，让她去忙，这样可稍减悲痛的心情。

有一天下午，母亲正好又到坟地去看工人修筑墓穴去了，家中别无他人，我因要找些东西，请钱妈帮我抬箱子，抬下第一只，看见箱面上有一封信，是母亲的笔迹，上面写着我的名字。当时我立刻联想到从父亲衣袋中取出来的遗书，马上感到一阵心跳手抖，知道不是好兆。好容易把书信打开来一看，是母亲的遗书！大致是叫我们把父亲和她安葬以后，即筹划南归，回到家乡去依舅父及姨母生活。父亲的恤金，清华原定每月照付薪金到一年为期，由三哥按月领了汇给二哥管理，合并其他的钱，勉强够我们的生活教养费。

这突如其来的事情，对一个不足十四岁的孩子来说，简直不知所措。幸亏钱妈比较冷静沉着，她叫我不要声张，即使是家人面前也不要提。她问我与母亲较好的有哪几位太太，我说西院一号陈伯母（陈达教授太太）、四号郑伯母（郑桐荪教授太太）和南院赵伯母（赵元任教授太太）等三人比较接近。两人商量一下，觉得陈伯母太老实，不擅言词，恐怕说不动母亲的心意。赵伯母心直口快，将来说漏了口，全园皆知，是很尴尬的事。只有郑伯母，说话有条理，行事很谨慎，且与母亲最谈得来，因此马上去与郑伯母相商。她叫我不要惊慌，她一定会尽力说服母亲的，要让母亲看在儿女的分上，多管大家几年。然后在家中，由我哀求，钱妈解劝，三人合作，总算打消了她的死志。当母亲说了一句："好吧，我再管你们十年。"我才如释重负地放下了大半心。

那一年里面，母亲要出门，我必定要问她到那里去，有时她烦了，就说我不该管她的事。尽管这样，我还是偷偷地在后面跟着，一直看到她去的地方，我才回家。有时她出去迟迟不归，我和钱妈两人总是提心吊胆的，等到见她进门才安心。那年秋季我本该入学，可是不放心母亲，我推说对学校的规矩都不懂，除国文外连阿拉伯数字也不认识，无法上学。赵伯母曾数次相劝，我仍以这个理由推拒了。

民国十七年（1928 年）阴历六月中旬，学校已放暑假，我们才摒挡南归，三哥送我们到塘沽上船后，仍返平在清华任职。到上海后，因行李什物太多，在二哥处略做停留，即返回原籍外祖父家定居。我们有两位舅父和一位姨母，都比母亲小，他们之间，手足之情的深厚是少见的，母亲得到他们宽慰，精神逐渐振作，一一安排我们入学。

民国二十五年（1936 年）夏天，三哥和四哥都已成家，都在海关任职，且同住一处，母亲随他们住在上海，小舅父亦在沪经商。我想到当初母亲对我们有"十年"的承诺，有些担心地问小舅父，他说："傻瓜，现在生活得那么幸福，你们又肯用功上进，她有什么理由想死呢？"

父亲的消闲生活

父亲的一生中，可能没有娱乐这两个字，那时收音机尚不普遍，北平虽有广播，顶多有一个小盒子样的矿石收音机，戴耳机听听，就算不错了。举凡现代的音响视听之娱，非当时梦想所能及。他对中国戏曲曾有过很深的研究，却从来没有见他去看过戏。

我们住在城里时，他最常去的地方是琉璃厂。古玩店及书店的老板都认识他，在那里，他可以消磨大半天。古玩只是看看而已。如果在书店中遇到了想要的书，那就非买不可了。所以母亲知道他要逛琉璃厂，就先要替他准备钱。迁居清华以后，很少进城，到书店去的时间也就减少了。记得有一次他从城里回来，脸上洋溢着笑容，到了房内把包裹打开，原来是一本书。他告诉母亲说："我要的不是这本书，而是夹在书页内的一页旧书。"我看到只不过是一张发黄的书页，而他却如获至宝一般，我想一定是从这页书里找到了他很需要的资料。

我们小的时候，他一闲下来就抱我们，一个大了，一个接着来，倒也不寂寞。在清华时，最小的六弟已六七岁了，没有孩子可抱，因此就养了一只狮子猫，毛长得很长，体形也大，而且善解人意。只要有人一呼叫，它就跳到谁的身上。父亲有空坐下时，总是呼一声猫咪，它就跳到他的膝盖上。他用手抚抚它的长毛，猫就在他的膝上打起呼噜来。后来这只猫不见了，母亲找遍了园内各角落，又怕学生捉去解剖了，四处托人询问，始终没有踪影。

唯一的一次出游，是与清华同仁共游西山。那天，父亲是骑驴上山，母亲则步行而上。我和妹妹同骑一驴，可是我因脚踏不到足镫，几次差一点被驴掀下来，虽有驴夫在侧，我仍然下来步行。妹妹以前骑过，已有经验，一点也不害怕。我印象最深的是卧佛寺，金身佛像支颐横卧在大殿中，人与它一比，就显得太渺小了。一路上大人与大人在一起，我们小孩自成一队。父亲那天玩得很高兴，其他印象，已无迹可寻。

弟妹们在家，总爱到前院去玩，有时声音太大了，母亲怕他们吵扰了父亲，就拿了一把尺装模作样地要把他们赶回后院去。他们却是躲在父亲背后，父亲一手拿书继续阅读，一手护着他们满屋子转，真使母亲啼笑皆非。

平常他在休息时，我们几个小的，常围着他，要求他吟诗给我们听，那时我们不懂得吟，只说是唱，他也不怕烦。有时求他画人，其实他不会画，只会画一个策杖老人或一叶扁舟，我们也就满足了。回想起来，謦欬犹自在耳，昔日儿辈，已满头白发了。

父亲的助教赵万里先生

赵万里先生与我家本来是亲戚，他是母亲表姊的长子，平时各处一方，很少往来，他有一个弟弟、三个妹妹，在家乡都是优异的学生。父亲就任清华研究院，原已聘定平湖陆维昭先生为助教，当时陆先生因祖父丧未能履任，赵先生即由人推荐与父亲。

民国十四年（1925 年）冬天，我到清华不久，赵先生即到职了，想到第一天他见父亲的情形，我们谈起来还要失笑。他毕恭毕敬远远地站在父亲面前，身体成一百五十度地向前躬着，两手贴身靠拢，父亲说一句，他答一句"是！"问他什么话，他轻声回答，在远处根本不知他说些什么。话说完了，倒退着出来，头也不抬一下，我想这个情形，大概就是所谓"执礼甚恭"吧。他对母亲不称表姨母而称师母，态度也是恭恭敬敬的。

他是父亲得力的助手，也是受益最多的学生。他家住在西院十二号，与我们家相距很近，早晚都可前来向父亲请益，父亲有事，只要派人去请一下，马上就到。父亲交代什么事，他都做得很好，因此对他敬业勤奋的态度，很是器重。

父亲去世后，所有书籍、遗作都是他整理的。书籍方面，后来由陈寅恪、吴宓、赵元任三位先生建议，捐赠与北平图书馆，由赵先生整理编目，至于遗著方面，有已刊、未刊及未写定三类，编为《海宁王静安先生遗书》，并撰写《王静安先生年谱》。

近人罗姻伯之孙罗继祖，对赵先生编纂遗书，撰写年谱，颇有微词，说他未能尽心尽力。我想那时他只有二十四五岁的年纪，思想识见未臻成熟，所做的事，不能尽如人意，后来又在北平图书馆工作，公务私事两忙，更难兼顾为父亲的事效力了。再退一步想，我们是他的子女，在他身后却不能为他做什么事，何能苛求他人呢。

　　赵先生与我，又有一年的师生之谊，当时弟妹们都上了学校，我由家中决定请他教古文，他替我准备了一部《古文观止》，先选读较易懂的，再读较艰深的。他讲解得很清楚，每次教一篇，第二天要背、要回讲。他上课时板着脸，我怕在外人面前失面子，因此用心听讲，用功熟读，直到有了把握，才放心去玩。记得有一次念韩愈的《祭十二郎文》，竟感动得掉下了眼泪，这表示我已能全心地投入了。

　　赵先生有一位贤内助，是碟石张氏名门之女，写得一手好字，凡是赵先生的稿件，都是她誊写的。当他们离开清华时，已经有了一个男孩子。

　　抗战胜利后，他曾到南京二哥家探望母亲，并携去不少父亲的遗稿，说是要拿去整理编印，以后音讯隔绝，未知此批稿件下落如何。

园内的子弟学校——成志小学

清华教职员的子女众多，上中学及大学的，都在城内寄宿，郊区并无小学的设置，因此校方就在校内成立了一所子弟小学，定名为成志小学，并附设有幼稚园。在那个时候每个城市都有小学，幼稚园却很少见。

校址在清华大门与西院之间，校舍陈旧，只是油漆尚新，老师的人数不多，一切游戏设备却很齐全。我也曾经向往学校生活，只是高年级的学生，比我年纪还小，心中既胆怯又自卑。常偷偷去看他们上课及游戏，对他们好生羡慕。在父亲去世以前，所聘请的家庭老师已辞职回家，弟妹们正打算下半年入小学，父亲就去世了，全家遵父亲的遗嘱，要在城内觅屋居住，后来父亲生前友好商定：因校方续发一年薪金作为抚恤，须按月具领，不如在园内续住一年，等书籍处理好，先将十六号房屋退租，以节省开支，到下年暑假，再整装南归。就这样，五弟进入成志小学五年级，六弟及松妹进了四年级，开始接受他们的正规教育。

我那时，一方面要照顾母亲，以防再发生任何意外，一方面对学历及文凭，尚无任何概念，以为每日读一篇古文，已经够我受用一辈子了。不过在那一年中，我也从弟妹处学会了十个阿拉伯数字。

赵元任夫妇二三事

赵元任先生夫妇在清华时，是风头人物，无论衣着或行动，都很受人瞩目。当时清华学校的教授，大都是留学回国的，可是太太们，多数是旧式家庭妇女，保守、节俭，在家相夫教子，从不过问外面的事。只有赵伯母——杨步伟女士，与众不同，她也留过学，敢在大众面前高谈阔论。平常，人未进门，爽朗的笑语声，已响彻庭宇，这种豪放不羁的个性，在女性中是难得一见的。她爱穿洋装，只是身体略胖，所穿丝袜，也要向外国买来才穿得下，可是看在我们晚辈眼里，好生令人仰慕喜欢，那时我真不知道用什么语汇来形容那种感觉，长大后才知道大概就是所谓潇洒吧。赵伯父对衣着也很讲究，他常穿西装，或长袍下穿西装裤。一副金丝眼镜，更显得温文儒雅。那时他们已有两个女儿，只有六七岁光景，打扮得漂亮又活泼，是全园最出色的孩子。

赵伯父深通音律，家中客厅里的一排木鱼，摆成弧形，据说可以击出高低音阶，可是我们都没有看他敲过。他们家爱请客，当时首创的所谓"立取食"，其实就是现在的自助餐，把食物放在长桌中间，客人拿了餐具，自己取了站着吃。这种吃法，在六十年以前，是闻所未闻的，参加的客人，宴罢回来，都议论纷纷，还有些太太们，把镂花纸巾带回家去保存，因为向来没有看见过。

最轰动一时的是赵伯母与另外两位教授太太合资，开了一间食堂，在清华园大门前右方、南院对面的小河边，因河上有小桥，故命名为"小桥食社"。木屋抑茅舍，今已记忆不清，只记得屋后树木阴森，前左都濒小河，古雅的建筑，景色宜人。

文君当垆，至今传为佳话，可是封建气息特重的当时北平社会，尚不能接受这种新思想，清华算是较开放的，但对赵伯母的创举，多半抱持着不太赞同的态度。

小桥食社供应的，大概是以南方菜点为多，我只记得有一种烧饼，香酥松脆，很像现在的蟹壳黄，与北平硬韧的芝麻酱烧饼一比，风味截然不同，她选用的餐具都很漂亮，这些，都是事隔六十年尚存的印象。

"小桥食社"生意不错，食客有学生、教职员及其眷属，附近又没有别的小吃店可去，可说是独门生意，应该是一枝独秀才对。问题是在赵伯母交游广阔，又喜请客。凡是稍熟的人到店里，她总是嚷着："稀客，稀客，今天我请客。"就这样，"小桥食社"在请客声中关闭了。

1958 年，赵氏夫妇来台参加会议，三哥嫂与他们相聚多次，临行曾请他们吃饭，并请到胡适及梅贻琦两位先生作陪，我因俗务缠身，未能躬逢其盛。据三哥嫂说，赵伯母仍是谈笑风生，意兴不减当年。1974 年，三哥到美国探亲，在旧金山停留时，曾与电话联络，并由两位八十多岁的老人家，亲自驾车，接往山区住宅相聚。对故人之子久别重逢，热情的招待，并坚留三哥在山间小住。可是三哥看到两位老人，事事必须躬亲，不忍打扰，坚持不能停留，结果二老再亲送下山，并在中国餐馆请他吃饭。赵伯母一面殷勤叫菜，一面说，"没关系，吃不完你带回去，可以两天不买食物。"

他们夫妇是两个性格并不相同的人，一个沉默，一个爽朗，但是那种洒脱及崇尚自由、互相尊重的德行，一直是让人羡慕的神仙眷侣。如今虽已作古，仍令人怀念不已呢！